Le Service des manuscrits

Du même auteur

Ailleurs si j'y suis, Le Passage, 2007 ; J'ai Lu, 2018.
Fume et tue, Le Passage, 2008.
Carrefour des nostalgies, Le Passage, 2009 ; J'ai Lu, 2016.
Le Chapeau de Mitterrand, Flammarion, 2012 ; J'ai Lu, 2013.
La Femme au carnet rouge, Flammarion, 2014 ; J'ai Lu, 2015.
Rhapsodie française, Flammarion, 2016 ; J'ai Lu, 2017.
Millésime 54, Flammarion, 2018 ; J'ai Lu, 2020.

Antoine Laurain

Le Service des manuscrits

roman

Flammarion

© Flammarion, 2020.
ISBN : 978-2-0814-8609-6

PREMIÈRE PARTIE

Marcel Proust ouvrit ses lourdes paupières pour révéler un regard bienveillant teinté d'une pointe d'ironie, comme s'il savait pourquoi elle était là. Violaine ne pouvait détacher ses prunelles du visage de l'auteur d'*À la recherche du temps perdu* ; ces cernes sombres, cette moustache impeccablement peignée et ces cheveux de jais. Il portait son manteau de loutre et était assis sur une chaise en bois, tout à côté du lit. Sa main droite reposait sur une canne à pommeau d'ivoire et d'argent tandis que la gauche lustrait, en de souples mouvements, les poils luisants du manteau. Violaine tourna la tête sur l'oreiller pour s'apercevoir que sa chambre était remplie de visiteurs silencieux à demi immobiles. L'homme en sous-pull beige avec ses cheveux ébouriffés et cette curieuse barbe en bouc et sans moustache ne pouvait être que Georges Perec. Un chat noir perché sur un guéridon ondoyait sous ses caresses jusqu'à tendre son museau vers l'écrivain. Tous deux se regardaient comme s'ils se livraient à une conversation par télépathie.

9

Vêtu d'un pantalon en velours côtelé et d'une chemise en jean délavé, Michel Houellebecq se tenait devant la fenêtre, le regard perdu sur un point à l'horizon, il tirait très lentement sur sa cigarette qui formait dans la lumière des volutes semblables à un nuage de lait bleu. Ses cheveux filasse, désormais longs dans la nuque, et ses lèvres minces dessinaient le profil d'un vieux sorcier.

— Michel ! voulut appeler Violaine. Mais aucun son ne sortit de sa bouche.

Elle ne l'avait pas tout de suite remarquée, mais une jeune fille brune était assise au pied de son lit, elle fixait le mur en murmurant des phrases que Violaine n'entendait pas. Avec ses cheveux noués en chignon, sa longue robe blanche et ce profil de camée sculpté dans un coquillage, c'était bien Virginia Woolf présente aussi dans la pièce. Violaine ferma les yeux puis les rouvrit. Ils étaient encore là. Elle tourna la tête vers l'autre fenêtre devant laquelle se détachait à contre-jour la longue silhouette de Patrick Modiano. Il semblait échanger des mots de la plus haute importance avec une jeune fille blonde vêtue d'une robe noire dont Violaine ne voyait pas le visage. Il était obligé de se pencher pour se mettre à la hauteur de son interlocutrice. La jeune fille hochait la tête.

— Patrick…, voulut murmurer Violaine. Mais, une fois encore, aucune parole ne franchit ses lèvres. Pourtant Modiano se tourna lentement vers elle et la scruta de ses yeux inquiets. Un fin sourire se dessina sur son visage, puis il posa son index à la verticale de ses lèvres.

— Elle a ouvert les yeux... Elle revient, assura une voix de femme.

— Allez chercher le professeur Flavier. Tout va bien, vous n'êtes pas seule, poursuivit la voix. Et Violaine eut envie de répondre que non, elle n'était pas seule. Proust, Houellebecq, Perec, Woolf et Modiano étaient avec elle.

Deux millions de Français rêvent d'être publiés, si l'on en croit les sondages parus ces dernières années. La plupart rêvent d'un livre qu'ils n'écriront jamais. Ce projet restera leur vie durant dans leur tête – une sorte de songe qu'ils caresseront le temps des vacances. Si ce n'est qu'ils préféreront toujours plonger dans l'eau de la piscine ou vérifier la température du barbecue plutôt que de s'asseoir à une table dans la pénombre de la maison pour reprendre les pages de la veille à la lueur d'un écran d'ordinateur. Ils parleront souvent de ce livre qu'ils ont « dans la tête ». Leurs proches seront d'abord admiratifs, puis, ne voyant rien venir au fil des années, échangeront des œillades complices lorsque le futur auteur évoquera avec des mines gourmandes et décidées son livre en devenir par des : « Je vais m'y remettre cet été ». Mais rien ne viendra. L'été suivant non plus. L'hiver encore moins. Tous ces livres fantômes forment une sorte de matière gazeuse qui entoure la littérature comme la couche d'ozone la Terre.

Ceux-là et celles-là, qui n'écriront jamais plus de trois pages et un plan sommaire, sont, somme toute, inoffensifs. Rien d'eux n'arrivera jamais par la poste au service des manuscrits. Une autre catégorie d'aspirants auteurs décidera de s'y mettre – vraiment. Que cela leur coûte trois mois ou cinq années de leur vie, ils veulent voir et tenir entre leurs mains ce rectangle épais de papier blanc, relié en spirale, avec sur la couverture un titre, leur nom en Times new roman corps 25 et aussi ce petit mot, « Roman ». *Leur* manuscrit. Cet exemplaire sorti enfin de l'imprimante, de la page de couverture jusqu'à la dernière phrase, sera le fruit de nuits d'insomnie, de réveils au lever du jour, de notes griffonnées dans le métro ou les aéroports, d'idées subites surgies sous la douche ou en plein déjeuner d'affaires comme des guêpes qui vous assaillent. Le seul moyen de s'en débarrasser aura été de les noter au plus vite – qu'elles soient griffonnées dans un carnet rouge en moleskine ou sur un Smartphone après avoir ouvert l'application « bloc-notes ». Elles seront déterminantes pour le roman. Ou pas.

Pour ceux-là, qui seront allés jusqu'au mot « Fin » mais ne connaissent personne dans le milieu de l'édition, viendra le jour des envois. Un matin ou un soir, ils se rendront chez un photocopieur professionnel et lui demanderont dix ou vingt exemplaires de leur manuscrit, avec une couverture transparente sur la première page, celle du titre, et un dos cartonné – noir ou blanc. Une reliure en

spirale plastique – noire ou blanche – de toute
façon, il n'y a que deux couleurs. De retour chez
eux avec ce sac en plastique qui pèsera le poids d'un
petit âne mort, il sera temps de glisser dans chaque
exemplaire la « lettre de motivation » – sorte de mis-
sive de château que l'on écrit sans se recommander
d'un quelconque prince ou baron, mais dans
laquelle on tente d'intéresser déjà celui ou celle qui
la lira.

Il y en a de très simples – celles que Violaine
préfère –, d'autres d'une prétention inouïe, dans
laquelle le malheureux ou la malheureuse tente de
situer son œuvre quelque part entre James Joyce
et Maurice G. Dantec ou encore Jim Harrison et
Ernest Hemingway. D'autres ont la veulerie de
signaler, sans y toucher, une parenté ou une amitié
avec une personnalité influente – comme si cela
constituait une forme de menace déguisée. L'idée
d'un pouvoir qui pourrait se dresser subitement en
cas de refus du texte. Violaine conserve les plus
cocasses, les plus ridicules, les plus pathétiques et
les classe dans un dossier qu'elle garde pour elle,
pour ses archives du service des manuscrits. Le clas-
seur est intitulé « Insectes », ce qui pourrait faire
croire qu'il s'agit de documentation sur les coléop-
tères. Si l'on connaît Violaine, on sait qu'« insecte »
– terme somme toute très banal du langage courant –, est dans sa bouche l'insulte suprême.

Des phrases du type : « L'autre insecte m'a envoyé un mail ce matin... » ou carrément prononcées devant la personne concernée : « Tu sais à qui tu parles ? Insecte... » émaillent le discours d'ordinaire châtié et bienveillant de cette quadragénaire élégante à qui tous trouvent tant de charme avec ses yeux verts et ses cheveux châtains tirant sur le roux coupés aux épaules.

Être traité d'« insecte » par Violaine Lepage, éditrice et directrice du service des manuscrits, vous abaisse au dernier rang des êtres vivants ; il serait même préférable que vous soyez une pierre. Des auteurs, des journalistes, des éditeurs, des photographes, des producteurs de cinéma, des agents, ont ainsi été traités d'insectes. Une fois que vous êtes devenu un insecte, vous le resterez toute votre vie, il n'est aucun antidote à cette métamorphose. Aucun retour en grâce n'est possible. Le statut d'insecte vous est conféré *ad vitam aeternam*. Ainsi va Violaine qui règne sur son domaine des manuscrits depuis plus de vingt ans, où elle fut d'abord lectrice avant de monter les marches du pouvoir.

L'auteur en devenir, lui, n'est ni un insecte ni même vraiment un homme ou une femme. Il n'a pas encore d'âge ni de métier, pas même de visage, seulement un prénom et un nom – qui n'est peut-être même pas le sien – en haut de la première page de son « manuscrit ». Qu'importe que vous vous nommiez Damien Perron ou Nathalie Lefort, Leila

Alaoui ou Marc Da Silva, que vous soyez né en 1996 ou en 1965, que vous soyez serveur dans une brasserie ou cadre supérieur chez Axa, que vous soyez auvergnat depuis dix générations ou issu de l'immigration depuis deux. Ce qui importe, c'est votre texte ; ce texte que l'auteur ou auteure expédiera en cette petite matinée grise ou cette fin de journée depuis le bureau de poste de son quartier – celui où vous vous rendez depuis toujours pour vos recommandés et vos envois administratifs, et qui revêtira ce jour-là un caractère bien particulier. Vous serez en effet plus sensible que les autres jours à la foule, vous n'aurez pas envie qu'on lise par-dessus votre épaule tous ces noms de maisons d'édition inscrits sur ces lourdes enveloppes en papier kraft assortis de ces mots, « À l'attention du service des manuscrits », comme un aveu d'impuissance – non, vous n'avez pas le bras assez long pour vous faire lire par d'autres moyens. La machine à peser les colis affichera son prix pour le format « lettre » en fonction du poids et de la destination, puis vous n'aurez plus qu'à appuyer sur la touche « Nombre de colis ». Et ce seront autant de maisons d'édition auxquelles vous enverrez vos entrailles, votre enfant, la joie de vos nuits, le tourment de vos petits matins. Votre œuvre.

À la fin, cela fera une grosse pile qu'il faudra porter à deux mains pour sortir de la poste, les glisser un par un dans une des fentes de la boîte aux lettres. En général, la destination sera « Paris ». Sauf deux ou trois, tous les éditeurs qui comptent ont une adresse parisienne. Au bruit mat de leur chute au fond du réceptacle obscur, vous aurez peut-être la désagréable sensation de jeter votre roman à la poubelle. Qui cela intéressera-t-il ? Qui vous répondra ? Alors vous vous hâterez de les pousser dans la boîte aux lettres comme on se débarrasse d'un cadavre dans les bois et à la nuit tombée.

De retour chez vous, vous vous servirez un grand verre de vin ou de whisky. Vous aurez envie de pleurer mais vous ne le ferez pas, et ne partagerez avec aucun de vos proches ce pénible moment postal. Vous n'en parlerez pas, de même qu'on ne confie à personne une mauvaise action de peur d'être jugé et plus encore de se juger soi-même en la racontant.

— Tu as envoyé ton manuscrit ? vous demandera-t-on le soir même.

— Oui, répondrez-vous seulement, avant de passer très vite à autre chose.

— Quel est votre nom ?
— Violaine... Lepage.
— Quel est votre métier ?
— Éditrice. Où sont-ils passés ?
— Qui ça ?
— ...Où suis-je ?
— Dans un hôpital, à Paris. Tout va bien. Reposez-vous, je vais revenir.

Violaine referma les yeux

« Je ne crois pas au génie inconnu. » Souvent, Violaine murmure cette phrase comme un mantra tandis que ses yeux verts se déplacent sur les lourdes enveloppes qui jonchent chaque matin son bureau – la maison d'édition en reçoit entre dix et quinze par jour – puis parcourent les manuscrits en attente empilés sur les étagères. Derrière chacun, une vie, derrière chacun, un espoir. Chaque jour que passent les manuscrits sur les étagères est un jour d'angoisse de plus pour leurs auteurs. Tous les matins, ils s'attendent à trouver une réponse dans leur boîte aux lettres ou bien à recevoir un mail ou un coup de fil. Tant leur texte a subjugué la maison d'édition, tant la littérature doit se rattraper au plus vite de s'être privée si longtemps de leur talent.

Cinq cent mille refusés par an, toutes maisons d'édition confondues. Que deviendront toutes ces histoires ? Tous ces personnages ? Jamais portés à la connaissance du public, bientôt oubliés par les lecteurs professionnels des services des manuscrits. Le néant les attend, à l'image de ces satellites désormais hors d'usage qui dérivent dans l'infini galactique et que même les bases aérospatiales ont renoncé à suivre. Les trois quarts des auteurs souhaitent récupérer le précieux exemplaire. Ils peuvent fournir une somme forfaitaire en timbres afin qu'on le leur retourne. Une autre solution consiste à passer le récupérer à la maison d'édition. Rares sont celles et ceux qui la choisissent. Ils ont rêvé de pousser cette porte pour y être accueillis avec chaleur et curiosité, s'installer dans un large fauteuil, répondre « oui » à la proposition d'un café, parler un peu d'eux et beaucoup de leur livre, et enfin déboucher un beau stylo-plume afin de signer leur premier contrat dont ils pensent – parfois à juste titre – qu'il marquera le début d'une nouvelle vie. Pousser la porte pour demander à l'accueil de récupérer son exemplaire refusé, qu'une stagiaire ira chercher et leur remettra avec un sourire de circonstance en leur souhaitant une « bonne journée », est plus que ce que leurs nerfs pourraient supporter.

« Madame, il est consternant qu'un manuscrit comme le mien ne suscite pas plus d'intérêt de votre part et de celle de votre maison d'édition. Cela en dit long sur notre pays et l'état déplorable de sa culture littéraire, d'ailleurs je ne lis plus de romans français depuis longtemps... »

« *...Ça vous fait jouir de refuser les manuscrits des braves gens et de publier vos copains. Éditeurs = ordures. Ennemis du peuple !* »

« *J'ai reçu mon manuscrit par retour de courrier. J'avais posé un cheveu à la page 357 et je vois qu'il y est toujours. Vous ne m'avez pas lu. Je savais bien que les maisons d'édition ne lisent jamais rien.* »

Anonyme : « *Au service des manuscrits : Allez tous vous faire enculer !* »

« *J'ai décidé d'en finir avec la vie. Seule la publication de mon manuscrit me rattachait à l'existence.* »

« *Je vais appeler mon ami le ministre et je pense que vous allez enfin comprendre que je ne suis pas n'importe qui.* »

« *... Tous mes amis et ma famille me disent que mon livre est formidable ! Vous privez le lectorat d'une histoire merveilleuse et votre maison d'édition d'un succès garanti.* »

Ces courriers pittoresques restent rares. Ils figurent à l'intérieur du dossier « Insectes », dans un sous-dossier intitulé : « Parfois même, ils répondent ! »

La raison d'être d'un service des manuscrits est de trouver de nouveaux auteurs et de les publier.

Cette mission est remplie deux à trois fois l'an. Elle justifie ces heures passées à lire la prose d'inconnus, ces milliers d'enveloppes ouvertes, ces centaines de fiches de lecture rédigées et ces milliers de lettres types envoyées aux quatre coins du pays et parfois même du monde. « Nous sommes au regret de vous informer que nous n'avons pas retenu votre texte qui, malgré des qualités certaines, ne rentre pas dans le cadre de nos collections. » Oui, deux à trois fois l'an, le service des manuscrits entre en ébullition. Un « Je crois qu'on tient quelque chose » tout juste murmuré en est souvent le premier signe.

C'est ce qui s'est produit il y a six mois avec *Les Fleurs de sucre* de Camille Désencres. Un texte de cent soixante-dix pages, relié avec sa protection transparente devant et sa couverture cartonnée au dos, envoyé aux bons soins du service des manuscrits. Marie, la plus jeune des lectrices, l'a ouvert après avoir parcouru sa très sobre lettre de motivation : « Bonjour, je m'appelle Camille Désencres, j'espère que mon texte vous plaira. Bien à vous. CD. » À la page 27, elle a prononcé le fameux :
— Je crois qu'on tient quelque chose. Stéphane et Murielle ont levé la tête. Une heure et demie plus tard, elle avait achevé *Les Fleurs de sucre*.

— Alors… ? avait fait Stéphane.
Marie avait souri puis débouché son stylo pour dessiner un soleil sur la couverture. — Canicule, même, avait-elle ajouté.

Il y a trois sigles de notation au service des manuscrits :

Un carré : refusé.

Un croissant de lune : le texte n'est pas ininté-
ressant, il mériterait d'être retravaillé ou alors
l'auteur peut proposer un autre texte – on le lira
avec intérêt en se souvenant de lui.

Un soleil : à publier de toute urgence.

La procédure normale en cas de découverte d'une pépite dans le fleuve de sable qu'est le service des manuscrits consiste à se lever de la pièce de trente mètres carrés couverte d'étagères, de quitter l'un des quatre bureaux de lecture et de faire dix mètres pour aller toquer à la porte de Violaine. Le jour de la découverte de *Fleurs de sucre*, elle était en déplacement à Londres.

« Bonjour Violaine, c'est Marie, je crois que j'ai trouvé un soleil dans les manuscrits, tu me diras comment on procède puisque tu ne reviens que dans quatre jours. »

Le message était resté sans réponse pendant plusieurs heures, puis un SMS était tombé : « Formidable, Marie, j'ai confiance en toi, mais puisque je ne peux pas le lire tout de suite, fais-le passer au plus vite à Béatrice. Tiens-moi au courant. »

« Parfait, je le fais porter chez Béatrice. »

Béatrice est la quatrième lectrice du service des manuscrits. À 75 ans, elle en est la doyenne, son âge et sa perception de la littérature contemporaine sont des atouts précieux pour Violaine. Béatrice, elle aussi, est arrivée par la poste au service des manuscrits il y a quatre ans mais, pour une fois, son enveloppe ne contenait pas un lourd bloc de pages reliées, mais une simple lettre, très bien tournée et très touchante, dans laquelle elle expliquait qu'elle lisait en moyenne quatre livres par semaine sur lesquels elle s'amusait pour elle-même à rédiger une fiche de lecture. Si la maison d'édition avait besoin d'une lectrice pour ses manuscrits, ce serait avec grand plaisir qu'elle pourrait peut-être se rendre utile, ayant toutes ses journées libres depuis long-temps. Elle signalait aussi qu'elle habitait à cinq minutes à pied de la maison d'édition. Violaine avait pris contact avec elle et s'était même rendue chez elle après un déjeuner. — Je vais noter le code de votre immeuble et l'étage, lui avait-elle dit. — Il n'y a pas de code, vous sonnez, c'est tout.

Lorsque Violaine avait sonné à l'unique inter-phone sans nom et s'était annoncée, la lourde porte s'était ouverte pour découvrir d'emblée la première pièce d'une maison avec ses tapis persans au sol, ses fauteuils Louis XV et au mur ce qui semblait bien être un Canaletto – à moins que ce ne fût une copie, mais Violaine commençait à en douter. — Montez, madame Lepage, je suis au premier ! Le passage si brusque du trottoir à cet intérieur luxueux avait un peu décontenancé Violaine. Elle avait traversé cette antichambre pour se retrouver dans une autre pièce carrelée de tommettes anciennes qui donnait sur un grand jardin ensoleillé au fond duquel on apercevait une tonnelle couverte de fleurs et une balancelle. Violaine ignorait qu'un lieu aussi incroyable puisse exister à moins de cinq minutes du service des manuscrits. Elle prit un large escalier de bois pour arriver dans un immense salon couvert de tentures en cachemire où des bibelots raffinés de verre ou de bronze doré ornaient les commodes et autres guéridons. Une femme aux cheveux courts et blancs qui portait des lunettes noires était assise dans un canapé. Un jeune homme en bermuda et tee-shirt, étonnamment musclé et les cheveux noués en queue-de-cheval, se tenait debout à côté d'elle. — Approchez… Je suis désolée, je ne me lève pas, j'ai du mal à marcher. C'est si gentil à vous de vous déplacer, dit Béatrice. Violaine lui serra une main sur laquelle elle aperçut un diamant et un rubis chacun de la taille d'un dé à jouer, puis s'installa dans un fauteuil. — Marc, mon fidèle Marc… précisa Béatrice en désignant le jeune homme qui eut un sourire poli.

Tandis qu'elles prenaient un verre de jus d'orange et un café, Béatrice raconta ses récentes lectures et d'autres plus anciennes. Elle se souvenait très bien avoir lu *Extension du domaine de la lutte* de Michel Houellebecq à sa sortie en 1994 et s'être dit que ce garçon irait loin. Marc tendit à Violaine quelques fiches sur des romans qui venaient de sortir. Béatrice avait indéniablement le sens de la synthèse et savait dégager les points positifs comme négatifs d'un texte. — Je ne suis pas du tout opposée à l'idée de vous faire parvenir quelques manuscrits, nous verrons ainsi si nous pouvons travailler ensemble. Si ça devait être le cas, il me faudrait vous rémunérer.

— Il n'en est pas question, fit Béatrice dans un haussement d'épaules.

— Mais si, insista Violaine.

— Voyons, toute la rue est à moi..., soupira Béatrice.

— Pardon ?

— Oui, il y a encore quelques vieilles familles de Parisiens qui ont su garder le patrimoine de leurs ancêtres à travers les siècles. Cette rue n'est pas si grande d'ailleurs.

— Vous voulez dire que tous les immeubles de cette rue sont à vous ?

— Oui, tous les habitants sont mes locataires. Je n'ai jamais travaillé, c'est ce qui m'a permis de lire des milliers de livres.

— Je dois vous faire signer une clause de confidentialité, un papier très simple dans lequel vous vous engagez à ne pas divulguer le contenu des manuscrits qui vous passent entre les mains, déclara Violaine en sortant ledit papier de son sac pour le tendre à Béatrice. À cet instant, Marc s'en saisit délicatement et le signa lui-même en s'appuyant sur la table basse.

— Pardonnez-moi, mais ce n'est pas à vous de le signer, monsieur...

— Marc a le pouvoir pour ma signature… Oh, mais vous n'avez pas compris. C'est charmant, vous me causez une grande joie, madame Lepage.

— Compris quoi ?

— Je suis aveugle, révéla Béatrice.

Il y eut un long silence.

— Mais… comment faites-vous pour lire ?

— Marc, c'est Marc qui me fait la lecture. Avant, il y a eu Patrick durant une bonne dizaine d'années, et avant Patrick, Fabrice… J'ai toujours préféré que ce soit des hommes qui me fassent la lecture.

Avant qu'elle ne reparte, Béatrice demanda une faveur à Violaine : même si Marc l'avait décrite d'après les photos d'elle trouvées sur Internet, pouvait-elle toucher son visage ? Violaine s'était approchée, avait fermé les yeux et laissé les mains chaudes et sèches de Béatrice se déplacer doucement sur ses joues, son front, ses pommettes. — Vous êtes très belle, avait-elle murmuré. Et vous portez l'*Eau de Cologne impériale* de Guerlain. — Exact, avait confirmé Violaine, et elle s'était dit que son métier était unique, plein de rencontres inattendues et mystérieuses.

— C'est votre jambe qui pose un problème. La rééducation sera très longue et, autant vous le dire, je ne suis pas certain que vous puissiez entièrement la récupérer. Il est probable que vous aurez à vous déplacer avec une canne à vie.

— Ce n'est pas ma jambe qui pose un problème, c'est ça ! répliqua Violaine en donnant une claque du dos de la main sur une page du *Monde des livres* qu'elle tenait ouvert sur son lit d'hôpital, manquant décrocher sa perfusion. Camille Désencres arrive jusqu'à l'avant-dernière sélection du Goncourt... et on l'a perdu ! On ignore où est l'auteur. Comment va-t-on faire ? se lamenta-t-elle en s'adressant à la fois à Stéphane, Murielle et Marie qui se tenaient debout devant son lit. Tous trois ne surent que répondre et échangèrent un regard avant de poser les yeux sur Édouard, le mari de Violaine. — Tu sors de vingt-neuf jours d'hôpital dont dix-huit de coma. Il faut que tu t'occupes de toi, observa-t-il d'un air las.

— Je crois que votre mari a raison, reprit le médecin, décontenancé par cette singulière patiente qui se préoccupait davantage des sélections littéraires que de boiter pour le restant de ses jours.

— J'ai renvoyé un mail, murmura Marie en coulant vers elle un regard craintif.

— Et alors ?

— Rien... Comme pour les autres : aucune réponse.

— Il est peut-être mort..., tenta Stéphane.

— Un auteur ne meurt pas avant la sortie de son premier livre, il n'y a que Stieg Larsson pour faire ça, répliqua Violaine. L'auteur de *Millénium* qui allait devenir un best-seller mondial deux fois adapté au cinéma était décédé brutalement d'un infarctus quelques mois avant la sortie du premier tome. Il n'avait même jamais vu la couverture de son livre.

— Quand bien même il serait mort, ou morte, parce que je vous rappelle qu'avec « Camille », on ne sait même pas si nous avons affaire à un homme ou à une femme, on aurait trouvé une tombe, des photos de famille ou de vacances, une biographie, là on n'a rien ! Rien !

— Et Pivot commence à croire qu'on lui cache quelque chose, enchaîna Stéphane. Il a prévenu Pascal qu'il ne voulait pas d'un nouvel Émile Ajar.

— Il est marrant, Bernard, au moins on saurait qui c'est..., remarqua Murielle.

— Bon. Je vais vous laisser à vos discussions littéraires, intervint sèchement le médecin. Comme je

vous l'ai dit, vous sortez demain à midi, d'ici là pas
de comité de rédaction en chambre. Cette chambre
d'hôpital n'est pas un bureau. Et il sortit.

— C'est pour la presse, les comités de rédaction,
soupira Violaine. Insecte...

Murielle et Stéphane à sa gauche et Marie à sa
droite, Édouard arpentait le long couloir entouré du
service des manuscrits. L'espace d'un instant, il eut
l'impression d'être l'un de ces grands patrons ou
ministres qui se déplacent toujours avec leurs col-
laborateurs les plus proches, prêts à recueillir sa
parole ou à approuver ses opinions. Mais Édouard
restait silencieux et les regardait à la dérobée : Stéphane
était maintenant le plus ancien au service des
manuscrits, il était déjà là lorsqu'il avait rencontré
Violaine, quatorze ans plus tôt. Il avait des cheveux,
à l'époque, roux vif. Dans une autre vie, Stéphane
avait été prof de mathématiques dans le secondaire.
Après son divorce, une dépression nerveuse qu'il
avait choisi de qualifier de simple « passage à vide »
l'avait amené à reconsidérer toute sa vie – à commencer par son intérêt pour les mathématiques.
S'évader dans des romans – ce qu'il faisait depuis
son adolescence – lui était apparu comme la seule
activité susceptible de lui procurer du bonheur durant
toutes ces années. Il écrivit un texte sur ce sujet,
L'Évasion littéraire, que la maison d'édition publia.
Le livre eut un succès inattendu : Bernard Pivot
l'encensa dans les colonnes du *Journal du dimanche*
en recommandant, en ce début d'hiver, d'en déposer

un exemplaire sous le sapin de Noël de chaque foyer. Il fut entendu au-delà de ses espérances. Le livre fit ensuite une glorieuse entrée dans la liste des ouvrages « recommandés par l'Éducation nationale ». Il fut acheté par toutes les bibliothèques de France, inscrit au programme de seconde et la maison d'édition, non contente d'en avoir vendu plus d'un million d'exemplaires, continua de le réimprimer régulièrement. Lorsqu'on lui demanda s'il avait un autre texte en projet, Stéphane répondit qu'il avait tout dit. Il n'avait pas d'autre idée d'essai et encore moins de roman. Il voulait juste lire. On lui proposa alors de le salarier au service des manuscrits, ce qui l'enchanta. Il avait aujourd'hui 53 ans et une partie de ses revenus venait encore et toujours des droits d'auteur de *L'Évasion littéraire* et de ses trente-sept traductions dans le monde entier.

Murielle était par ailleurs correctrice de métier et la chasse aux fautes d'orthographe ou de frappe lui procurait une joie comparable à celle de la cueillette des champignons en septembre. Elle les traquait avec un plaisir qui confinait à l'orgasme et, lorsqu'elle tombait sur un participe passé mal accordé ou encore un « ils avait », elle en frémissait de bonheur. Murielle avait travaillé pour de grands groupes pharmaceutiques et automobiles, elle corrigeait leurs brochures, rapports, tout ce qui constituait le flux de leur communication. Elle s'était fait connaître de la maison d'édition en envoyant une longue lettre sur les coquilles qu'elle avait relevées dans deux livres récemment parus. Elle fut aussitôt convoquée par Charles qui dirigeait ce paquebot qu'était sa maison d'édition depuis quatre générations. — Mon père me tapait sur la tête avec un livre lorsque je faisais une faute, confia-t-il. — Monsieur votre père devrait revenir et donner beaucoup de coups de livre à vos auteurs, répliqua Murielle. Elle fut engagée sur-le-champ. Au fil des années, on s'aperçut que les commentaires de Murielle sur les textes en épreuves non corrigées s'avéraient exacts : « Il va marcher très fort, ce livre... » « Je ne comprends pas qui lirait ça, mais bon... » Un jour, Violaine lui demanda : — Vous ne voudriez pas rejoindre le service des manuscrits ? Et le visage de Murielle s'était éclairé.

À 24 ans, Marie était la plus jeune recrue du service des manuscrits. Elle était encore à la fac et s'acharnait à la rédaction d'une thèse intitulée *Les Choses de l'écrit ou les Vecteurs inertes de la narration*. Marie avait décidé de recenser tous les objets inanimés qui avaient une importance dans un récit de fiction, et ce sur le dernier millénaire ; qu'il s'agît des « spécimens » de *L'Annulaire* de Yoko Ogawa, de la madeleine de Proust ou encore de la petite clef d'or de *La Barbe bleue*. Elle les avait tous classés par matière : tissu, cuir, verre, métal, bois... Une thèse monstre, laquelle, si elle venait à être publiée ferait plus de deux mille pages. Un Himalaya littéraire qui lui prendrait peut-être encore les quinze prochaines années de sa vie. Blonde et mince avec des yeux clairs, Marie était très réservée mais son sourire compensait largement ses défauts de communication. Elle était arrivée six mois plus tôt et avait remplacé une lectrice qui avait dû se résoudre à suivre son mari à Pékin.

Marie avait été introduite dans la maison d'édition par Violaine en personne. Celle-ci n'avait pas prononcé la phrase mythique : — Je crois qu'on tient quelque chose, mais : — J'ai rencontré quelqu'un, phrase qui lui avait valu un commentaire effaré de Stéphane : — Quoi, tu quittes Édouard ?! — Mais non, je ne quitte pas Édouard, arrête… j'ai rencontré quelqu'un qui pourrait peut-être rejoindre le service pour remplacer Fleur. Violaine avait éludé une partie de sa rencontre avec Marie, dont elle avait fait la connaissance à l'occasion de l'unique séance des Alcooliques anonymes à laquelle elle s'était rendue sur les conseils de Pierre Stein, son psy. — Je ne suis pas alcoolique à ce point ! — Tu bois trop. — Qu'est-ce que tu en sais, tu ne vis pas avec moi ! — C'est toi qui me dis que tu bois trop, alors vas-y, va voir ça de près, t'es une femme curieuse, ça t'intéressera. Même si c'est inutile et que tu refuses de poursuivre, au moins tu auras fait la démarche. — T'es vraiment chiant, Pierre, maintenant je culpabilise et je me sens obligée d'y aller.

Ce dialogue pourrait paraître incongru au regard des rapports que l'on est censé entretenir avec son psychanalyste ; mais pas lorsqu'il se trouve qu'on

est son éditrice, qu'on l'accompagne à ses signa-
tures, qu'on déjeune avec lui, qu'on est même déjà
partie en vacances, avec son mari, dans sa maison
du Lubéron.

Étant le plus ancien membre du service des manuscrits, Stéphane était également le dernier témoin de la rencontre entre Violaine et Édouard.

Elle s'était produite quatorze ans plus tôt, au moment de la fulgurante ascension de Violaine dans la maison d'édition. Juste après la mort brutale et inattendue de Charles, son patron historique. Un matin, Violaine était entrée dans le service des manuscrits et avait regardé les étagères métalliques : — C'est vraiment trop moche, ces étagères. — Oui, c'est moche, avait approuvé Stéphane. — Et puis c'est vieux, avait poursuivi Violaine, elles doivent être là depuis Giscard. On va réfléchir à de nouvelles étagères, avait-elle résolu, vous me ferez part de vos suggestions, on va débloquer un budget pour ça.

L'idée d'une décision collégiale ne s'était pas révélée bien brillante puisque chacun et chacune avait désormais son opinion : en bois, en verre, droites, séparées en casiers, en lignes, pourquoi pas penchées ? — Je connais une bibliothécaire qui a des étagères penchées chez elle... Lorsque Pierre – alors encore lecteur – suggéra « une bibliothèque arbre » dont les branches feraient office d'étagères, Violaine dut trancher : puisque personne n'arrivait à s'entendre sur ces étagères, on allait faire venir un décorateur. Le choix se porta sur Édouard Lavour, du cabinet de décoration Lavour et Sagier. C'était surtout le seul à Paris à bien vouloir se déplacer pour un aménagement dans trente mètres carrés. Par retour de courriel, Édouard s'était dit « ravi de franchir la porte de cette célèbre maison d'édition devant laquelle je suis souvent passé et qui demeure pour moi mystérieuse ». La formule avait plu à Violaine et rendez-vous avait été pris. Stéphane se souvenait, comme si cela s'était passé une semaine auparavant, de l'arrivée d'Édouard. De ce qu'il appelait « la scène de l'escalier ».

Édouard se fait annoncer à l'accueil. Le téléphone de Violaine sonne. Elle sort de son bureau et annonce : — Le décorateur arrive ! L'ensemble du service des manuscrits se lève comme un seul homme et l'attend en haut de l'escalier. Édouard est brun, les cheveux courts, il doit avoir dans les 35 ans. Peu à peu, il ralentit le pas, monte de plus en plus lentement les dernières marches qui le séparent du palier, ses yeux ne se détachent pas de Violaine et semblent absorbés par le regard vert qui le fixe. — Bonjour, je suis Violaine Lepage. Elle lui tend la main, il la serre machinalement, il a l'air pétrifié

et prononce dans un souffle : — Je ne vous imaginais pas du tout comme ça. Et Violaine sourit.
— Ah bon ? Et comment m'imaginiez-vous ? Le
décorateur paraît soudain à bout d'arguments et
finit par abdiquer : — Pas comme ça. Et, dans ces
trois mots, il y a quelque chose de tragique que
Violaine n'a pas perçu. Et Stéphane assiste à cette
rencontre en se disant que les secondes qui viennent
de s'écouler sont rares, qu'il ne les a jamais vues
correctement relatées dans un roman, peut-être
parce qu'elles sont impossibles à coucher sur le
papier. Lui-même n'avait d'ailleurs encore jamais vu
un homme tomber ainsi fou amoureux d'une femme
au premier regard.

Édouard a passé l'après-midi entier à réaliser
des croquis pour retranscrire ce qu'il pouvait imaginer de mieux pour réorganiser l'espace et les étagères du service des manuscrits. Il s'y est consacré
avec la même fougue que s'il s'agissait de recréer la
bibliothèque d'Alexandrie. En fait, il gagne du
temps, il ne sait pas comment s'y prendre pour faire
passer le message. À un moment, Stéphane s'en sou-
vient très bien, Violaine est venue s'accouder à la
porte, et une des lectrices, Solange, s'est adressée
au décorateur : — Ça vous arrive souvent de vous
déplacer pour réaliser des bibliothèques dans trente
mètres carrés ? Édouard s'est dit que c'était maintenant qu'il allait se lancer, qu'il s'en voudrait toute
sa vie sinon, qu'en fait il n'avait plus le choix. Il a
levé les yeux vers Violaine, puis a tenté de prendre

son plus beau sourire : — Lorsque les éditrices sont aussi jolies que Violaine Lepage, oui. Le silence s'est fait dans le service des manuscrits. Violaine l'a contemplé, quelque chose d'indéfinissable est passé sur son visage. Édouard a su qu'il avait bien fait de parler.

Tandis qu'il pensait au service des manuscrits et à sa femme et que le service pensait à lui et à leur directrice, Violaine, elle, ne pensait qu'à Camille Désencres. La première sélection du Goncourt était déjà un sacré coup de pouce, mais Violaine avait d'abord cru à une manœuvre de diversion : les jurés l'avaient placé là pour faire un pied de nez à un auteur ou à un éditeur qui était persuadé d'y figurer. Les jurés sont facétieux – et dangereux. Puis Violaine avait eu des éclaircissements sur cette présence inattendue de *Fleurs de sucre* sur la première liste la plus désirée de la rentrée littéraire grâce à Virginie Despentes qui lui avait assuré que quatre jurés l'avaient lu – dont elle – et avaient jugé le texte excellent, tout simplement. En outre, un premier roman dans la sélection du prix, ça changeait des noms habituels…

« Le vampire a besoin de sang neuf », avait aussitôt pensé Violaine. C'était une formule de Charles. La littérature a, par périodes, besoin du sang des vierges pour se régénérer. Des jeunes gens des deux sexes se retrouvent soudain sous le feu des projecteurs dès leur premier ouvrage. Ils survivront à la morsure du vampire ou s'étioleront pour toujours – à l'image de ces auteurs de premiers romans dont les deux tiers ne reviendront jamais avec un second. Nouveau texte refusé par l'éditeur, blocage psychologique suite au succès – si succès il y a eu – sentiment d'avoir « tout dit », les variantes sont nombreuses et mystérieuses. Le problème avec Camille Désencres était que si le vampire avait mordu très fort, la proie s'était évaporée et qu'il n'y avait personne sous le projecteur – c'était original et avait le mérite d'intriguer les journalistes et de créer une attente, mais la situation ne pouvait s'éterniser.

Le manuscrit était arrivé avec une simple adresse mail comme contact sur la page de couverture : camilledesencres@gmail.com

Cher (ou chère) Camille Désencres,

Le service des manuscrits et moi-même avons lu avec le plus grand intérêt *Les Fleurs de sucre*. Nous avons le plaisir de vous faire savoir que nous aimerions le publier pour notre prochaine rentrée de septembre. Votre roman possède un mystère et une grande originalité, tant dans son écriture que dans sa construction. C'est rare.

Notre maison d'édition souhaite ardemment vous compter parmi ses auteurs.

Vous n'avez communiqué qu'une adresse mail. Aucune adresse postale, pas de numéro de téléphone. Veuillez revenir vers moi au plus vite, par ce mail ou par le téléphone du service des manuscrits afin que nous puissions nous rencontrer.

Bien à vous,

Violaine Lepage
Directrice littéraire,
Responsable du service des manuscrits

Chère Violaine Lepage,

Vous n'imaginez pas le choc et le plaisir que j'ai
à découvrir votre mail dans ma boîte ce jour. J'ose
à peine y croire... Mon texte vous plaît vraiment ?
Je vais avoir du mal à rédiger ces lignes jusqu'au
bout tant l'émotion me submerge.

Je reviens vers vous très vite.

CD

Chère Camille Désencres,

J'imagine bien volontiers votre choc et votre émotion – sachez que sur près de trois mille manuscrits reçus chaque année par notre maison, nous n'en retenons que deux ou trois.

Reste que je suis depuis huit jours sans nouvelles de votre part, je vais avoir besoin d'entrer en contact avec vous, ne serait-ce que pour signer votre contrat.

Revenez vers moi au plus vite ou, si vous hésitez à faire affaire avec un confrère, ne signez rien, je vous prie. Parlons-nous avant.

Violaine Lepage
Directrice littéraire,
Responsable du service des manuscrits

Cher Camille Désencres,

Votre absence m'inquiète au plus haut point. Revenez vite vers moi. Nous préparons la rentrée littéraire et vous attendons !

Violaine Lepage
Directrice littéraire,
Responsable du service des manuscrits

Chère Violaine Lepage,

Pardonnez mon retard à vous répondre. Je n'ai signé avec aucune autre maison d'édition. Je suis tout simplement en constant déplacement à l'étranger. Je ne vais pas pouvoir vous rencontrer ces prochaines semaines. Pouvez-vous me faire parvenir ce contrat à l'adresse londonienne ci-dessous ? C'est celle de l'hôtel dans lequel je séjourne. Je vous renverrai le contrat au plus vite.

Bien à vous,

CD
Grange Strathmore Hotel
41 Queen's Gate Gardens
Kensington
London SW7 5NB,
Royaume-Uni

Cher Camille Désencres,

Le contrat part vers votre adresse à Londres. J'espère que vous l'aurez à temps. Permettez-moi de vous dire que durant toutes ces années d'édition, je n'ai jamais vu un auteur ne pas se déplacer chez son éditeur pour signer le contrat de son premier roman.

Vous êtes quelqu'un de bien singulier. D'ailleurs, puis-je vous demander qui vous êtes ? Je relis notre correspondance et je m'aperçois que je ne sais même pas si vous êtes un homme ou une femme...

Qui êtes-vous, Camille Désencres ?

Violaine Lepage
Directrice littéraire,
Responsable du service des manuscrits

Chère ou cher Camille Désencres,

Nous avons bien reçu votre contrat signé par retour de courrier depuis Londres et vous remercions d'en accepter les termes. Sans nouvelles de votre part, nous attendons un signe de vous pour une rencontre. Votre livre paraîtra dans la rentrée de septembre. Il serait bon que vous soyez disponible pour des séances photo et des interviews presse.

Merci,

Violaine Lepage
Directrice littéraire,
Responsable du service des manuscrits

J'écris de mon mail personnel et non plus de celui de la maison d'édition. Peut-être me répondrez-vous.

Camille,

Je vais être claire : ayez le courage de vous dévoiler. J'ignore qui vous êtes, mais vous savez beaucoup de choses. Qui diable vous a parlé des fleurs de sucre ? Que savez-vous d'autre ? Quel est votre lien avec la Normandie ?

Si vous venez pour me faire chanter, le risque que vous prenez est immense, soyez-en consciente ou conscient.

Je suis une femme dangereuse, ne vous attaquez pas à moi.

À vous lire,

Violaine Lepage

Violaine,

Je ne vous veux aucun mal.

Ce livre vivra sa vie en dehors de moi. Et ceux qui doivent mourir vont mourir. Toutes les dettes seront payées.

CD

— On t'a dit pour Violaine en avion ? avait demandé Fleur à Marie. « Violaine en avion » avait évoqué à Marie des titres tels que *Martine à la plage*, *Martine à la mer*, *Martine en forêt*. Mais Fleur ne plaisantait pas. Selon elle, Marie, qui allait la remplacer au service des manuscrits, serait occasionnellement amenée à se déplacer avec Violaine pour des salons, des foires du livre ou encore pour accompagner un auteur à une rencontre dédicace de prestige à l'étranger. — Eh bien : elle a peur en avion. — Peur comment ? — Très peur.

Avant chaque voyage en avion, que ce soit un long-courrier ou un vol Paris-Nice, Violaine se mettait à lire son horoscope pour en tirer des conclusions plus sombres et dramatiques les unes que les autres. Dans sa tête défilaient les accidents récents et très médiatisés qu'elle avait bien sûr regardés à la télévision ou sur le Net, hypnotisée comme ces petits rongeurs, proies immobiles dans les yeux du serpent. La veille, elle ne dormait pas. Lorsque le réveil sonnait au petit matin, elle était prise d'une crise de panique, à laquelle Édouard tentait tant bien que mal d'apporter de piètres solutions puisqu'elle refusait d'avaler quoi que ce fût. La panique retombait le temps du trajet en taxi pour remonter à son arrivée à la porte d'embarquement. Les boutiques de *duty free*, leurs écœurantes odeurs de parfums et autres boulangeries en service rapide lui semblaient des échoppes diaboliques tout droit sorties d'un cauchemar commercial. Elle jouait avec l'idée de rebrousser chemin, de courir vers les taxis et de rentrer chez elle, mais finissait par disparaître aux toilettes de l'aéroport pour y boire au goulot une fiasque de 35 centilitres de whisky Bowmore remplie par ses soins la veille et en cachette d'Édouard. Ensuite elle mâchait un chewing-gum à la menthe et se calmait enfin un peu sous l'effet de l'alcool. Installée dans l'avion, elle coupait immédiatement l'aération dont le bruit lui vrillait la cervelle. Quand retentissaient les injonctions « Vérification de la porte opposée » et « Préparez-vous au décollage », elle était prise d'imperceptibles tremblements et devait s'accrocher aux accoudoirs et respirer comme si elle se trouvait harnachée de bouteilles d'oxygène à trois cents mètres sous l'eau. Lorsque l'avion quittait le sol, les images du Concorde en feu tournaient en boucle dans sa tête et elle ne quittait plus le signal lumineux de la ceinture attachée, comptant chaque seconde qui la séparait de son extinction : signe que tout allait bien pour l'instant. Elle choisissait toujours un siège côté couloir en fond d'avion afin de se retourner régulièrement vers l'hôtesse assise en queue de fuselage sur son strapontin : si son visage était paisible, cela la rassurait un peu. L'hôtesse devenait le baromètre de son angoisse : plus elle exerçait son métier machinalement, moins le vol lui semblait dangereux. Dès qu'une zone de turbulences était annoncée et que le petit signal de la ceinture attachée se rallumait dans un tintement, Violaine se tendait sur son siège et se mettait à prier à peu près tous les dieux de la création que l'avion ne tangue pas pour, après un ultime soubresaut, tomber comme une pierre sous les hurlements des passagers.

L'idée la plus odieuse était qu'elle avait organisé minutieusement sa propre mort, en prenant ses billets, en ayant fait sonner son réveil, en commandant un taxi et, enfin, en s'étant installée dans ce maudit avion alors qu'elle aurait dû suivre son instinct : tout planter là et rentrer chez elle – voire refuser d'en partir.

Aux premières turbulences, sa main gauche se refermait sur l'avant-bras de son malheureux compagnon de voyage et ses ongles s'enfonçaient dans le tissu de la manche de ce dernier, parfois même dans sa peau, avec autant de force que les griffes rétractiles des chats. Fleur avait ainsi gardé de longues semaines sur son avant-bras les marques bleuies d'un Paris-Francfort perturbé par des orages.

De ces voyages aéroportés, Violaine sortait lessi-vée et ne respirait que lorsque l'avion avait atterri et roulait à l'allure d'un jouet pour aller s'arrêter devant sa passerelle. Elle avait évoqué cette panique de l'avion avec Pierre Stein, son psy. Il n'y avait jamais accordé d'importance et se contentait de l'inviter à prendre un calmant ainsi qu'un bon livre durant le voyage.

Elle ignorait que ces angoisses catastrophistes allaient devenir réalité avec le vol AF 67543.

— Nous approchons de Paris et allons amorcer notre descente, il est 6 h 45 heure locale et la température est de 11 °C, avait annoncé le chef de cabine. Violaine n'avait bien sûr pas dormi de la nuit et pas davantage touché à son plateau-repas. Elle scrutait les visages des passagers assoupis, paisibles, la plupart couverts d'un masque de sommeil. Elle ne manquait pas de se retourner tous les quarts d'heure vers l'hôtesse assise au fond du fuselage et qui bâillait – bon signe. À ses côtés, Marie dormait profondément et serrait entre ses cuisses son vieux livre de poche aux pages écornées et à la tranche polie par les années : *Carrie*, qu'elle trimbalait depuis ses 13 ans et qui désormais portait sur sa page de garde, écrit au stylo-plume : « *For Marie, all the best for you in this life. Your friend. Stephen King.* »

Toutes deux rentraient des États-Unis. De Bangor dans l'État du Maine, après un aller et retour express avec une seule nuit sur place afin de rencontrer le maître de la peur et des frissons littéraires dans sa mythique maison rouge et blanche entourée de grilles de fer noir dont le portail était surmonté de chauves-souris délicatement forgées. Trois semaines plus tôt, Violaine avait appris par ses réseaux aux USA que King venait d'achever un texte sur l'imagination. Un texte très libre, une sorte d'essai de cent cinquante pages sur les mécanismes cérébraux de l'imaginaire d'un créateur et leurs effets pour ceux et celles qui le lisent. Un texte brillant sur les frontières brumeuses entre la fiction et la réalité. D'après ses informateurs, peu de gens avaient lu ce nouveau texte et ses droits de traduction dans le monde n'étaient pas encore négociés. Violaine avait réfléchi vite : « Il me le faut, il le faut pour la maison d'édition », avait-elle rectifié, et aussitôt elle avait sorti son portable et fait défiler la liste de ses contacts jusqu'à la lettre « K ». Elle avait souri en pensant qu'elle était sûrement une des seules éditrices françaises à avoir le portable personnel de Stephen King.

Pour ce manuscrit encore confidentiel, Violaine avait décidé de court-circuiter le chemin traditionnel des agents littéraires, éditeurs et mandarins assermentés. Elle allait de toute évidence froisser l'ego de Fabrice Galland, éditeur de la maison chargé de l'achat des droits étrangers et des traductions. Lorsqu'il apprendrait que Violaine traitait directement avec Stephen King, nul doute qu'il irait immédiatement se plaindre auprès de Pascal, leur président. Violaine avait décidé de mettre ces considérations de côté et d'envoyer un message à l'Américain. Ils avaient ainsi échangé brièvement des SMS dont la traduction française mot à mot serait la suivante :

« Bonjour Stephen, je suis au courant pour votre texte sur l'imagination. Je suis terrifiée par l'avion mais je vais venir vous voir ! »

« Bonsoir Violaine. J'aime beaucoup cette idée ! P.-S. : Vous pouvez me traiter de salopard en réponse, si vous voulez. »

« Salopard ! »

Elle était entrée dans le service des manuscrits :
— Marie, veux-tu m'accompagner aux États-Unis ?
Des regards s'étaient échangés ainsi que des sourires complices : c'était désormais au tour de Marie de faire cette expérience – sorte de bizutage aérien auquel elle n'avait pas encore eu droit. — Je vais le formuler autrement, avait repris Violaine, Marie, tu veux venir dans le Maine avec moi voir Stephen King ?

Tout était normal dans l'avion lorsque Violaine tourna la tête vers le hublot. Le souvenir qu'elle garderait de cet instant serait aussi rapide qu'une image subliminale : des boules de couleur claire entrant en collision avec le réacteur gauche. Une dizaine de boules, comme une rafale. Le choc fut sourd et l'avion eut comme un hoquet qui réveilla en sursaut tous les passagers. L'instant d'après, une épaisse fumée noire sortit du réacteur et l'avion obliqua sur la droite. Une passagère se mit à hurler : — *Fire !* Le tout ne prit que quelques secondes et l'hôtesse du fond dégrafa sa ceinture pour remonter l'allée à toute allure vers le cockpit. Marie se réveilla et ouvrit les yeux sur Violaine qui, bouche bée, ne pouvait détacher son regard du hublot ; puis découvrit à son tour le réacteur couvert de fumée. À cet instant, un second choc se produisit sur l'aile droite et l'avion perdit l'équilibre pour plonger dans un trou d'air qui leur comprima le cœur comme un papier qu'on froisse. Les masques à oxygène tombèrent au-dessus

d'elles et se balancèrent au bout de leurs fils trans-
parents, semblables à des jouets de farces et attrapes
sortis d'une boîte automatique, tandis que la car-
lingue vibrait comme si l'aéronef allait imploser.

— Des oiseaux ont heurté nos réacteurs! cria
l'hôtesse. Prenez vos masques! Elle répéta la phrase
en anglais tandis que Violaine se mettait à trembler,
incapable de tendre la main pour saisir le masque.
Elle eut l'impression qu'on avait vidé son corps de
tout son sang en l'espace d'une poignée de secondes,
et plus encore la certitude que c'était maintenant,
qu'elle ne reverrait jamais ni Édouard, ni l'appartement, ni le service des manuscrits. Son pire cauchemar se réalisait : elle allait s'écraser en avion. Elle
avait même entraîné Marie avec elle. Dans quelques
minutes, tout serait fini. L'homme d'affaires à sa
droite de l'autre côté du couloir se prenait la tête
entre les mains et sanglotait nerveusement. Tout
n'était plus que cris et l'avion était balayé comme
une feuille dans le vent.

— On ne va pas mourir, murmura Marie.

— Si! répondit Violaine dans un souffle.

— Je ne peux pas mourir, pas maintenant, assura
Marie. Alors tu ne meurs pas non plus.

Violaine n'entendait plus, ses oreilles s'étaient
bouchées sous la pression atmosphérique et elle
pensa éprouver les premiers symptômes de l'infarctus du myocarde. La dernière chose qu'elle perçut
dans cette sensation de mort imminente fut le parfum de Marie : un parfum de jasmin qui flottait
dans l'air.

C'est ce qui lui resterait de son passage sur Terre :
le parfum de Marie. L'odeur du jasmin.

— Accrochez-vous ! *Hang on now* ! ordonna le
pilote dans son micro tandis que le bruit mécanique
de la sortie du train d'atterrissage retentissait sous
leurs sièges. Les secondes qui suivirent resteraient
confuses tant pour Violaine que pour Marie : elles
pensaient être encore dans les airs alors que l'avion
n'était plus qu'à quelques centaines de mètres du sol.
Seules les images que diffusèrent les chaînes de télévision les renseignèrent *a posteriori* sur ce qui s'était
alors passé. Le pilote qui n'avait plus que l'énergie
d'un demi-réacteur fit le choix d'atterrir en planant
vers la piste, tentant avec la puissance qui lui restait
d'amortir au maximum le choc. Le train d'atterrissage fut broyé en une fraction de seconde et l'avion
partit dans une glissade à laquelle le fuselage ne
résista pas : il s'ouvrit en deux au niveau des portes
latérales et le plancher céda en son centre, entraînant
dix passagers couloir dont Violaine. Le soir même,
les télés d'infos en continu, relayées par leurs consœurs
du monde entier, montraient l'avion cassé en deux
sur la piste de Roissy, les véhicules de secours, la
mousse propulsée par les engins anti-incendie qui
recouvrait le tarmac et les équipes qui, à l'aide de
scies électriques, désincarcéraient les blessés. Le bilan
tenait du miracle : aucun mort, dix blessés dont cinq
dans un état grave. Violaine en faisait partie. Marie
s'en sortit indemne. Tous les commentateurs et
spécialistes s'accordèrent pour noter le sang froid

du pilote et la probabilité extrêmement faible de l'accident : le réacteur gauche puis le droit avaient littéralement avalé, chacun à moins d'une minute d'intervalle, deux formations d'une quinzaine d'oies sauvages.

Violaine n'avait vu aucun couloir de lumière, aucun ange. Encore moins la félicité et les silhouettes d'êtres chers disparus. Rien.

« Chère Violaine,

Où que vous soyez, j'ai appris pour l'avion, vos blessures et votre coma. Je sais ce qu'est un accident, l'hôpital, et la souffrance. Je suis tellement désolé d'être un peu responsable de ce qui vous arrive. Je vous dois bien ce texte sur le pouvoir de l'imagination, sa traduction française sera pour vous et votre maison d'édition. Mon agent s'occupe de tout.

Réveillez-vous… maintenant !

Votre ami,

Stephen King »

Pour éviter l'amputation, il avait fallu prendre le risque d'opérer Violaine à deux reprises durant son coma. Une balafre large de trois centimètres s'étirait désormais comme une route incertaine du haut de sa cuisse jusqu'au talon. Il y avait aussi plusieurs impacts dans la chair, comme si des météores s'y étaient abîmés en explosant à l'atterrissage pour créer des trous en étoile. Un système complexe de fins tubes d'acier brossé et d'écrous enserrait sa jambe au niveau du mollet pour reprendre au-dessus du genou jusqu'à mi-cuisse. En le découvrant, elle avait pensé au film *Crash* de David Cronenberg dans lequel l'actrice Rosanna Arquette, au sommet de sa beauté, avait les deux jambes appareillées après un accident de voiture – elle en tirait curieusement une charge érotique des plus malsaines dont elle jouait auprès des hommes.

Lorsqu'elle était rentrée chez elle, soutenue par Édouard et se déplaçant maladroitement avec sa canne anglaise, elle s'était assise dans le canapé et lui dans un fauteuil face à elle. Violaine avait fermé les yeux, les avait rouverts sur ce décor familier, puis les avait posés sur son mari. — J'ai cru que je ne rentrerais jamais ici. Édouard avait acquiescé : — J'ai cru que je ne te reverrais jamais. Mais on est là, avait-il ajouté dans un souffle, et il s'était levé pour s'installer à ses côtés et la prendre dans ses bras. Violaine avait posé sa tête contre son cou. — Qu'est-ce que je ferais sans toi ? avait-elle dit. Édouard ne trouva rien à répondre et lui avait caressé la joue, puis avait approché la sienne de sa chevelure et l'avait posée tout contre, sans prononcer un mot, et ils étaient restés de longues minutes ainsi dans la lumière de l'après-midi.

Prendre une douche s'avéra une opération complexe : il fallait poser la canne anglaise le long du mur de la douche italienne, veiller à ce que le gel préconisé par le médecin coule sur la jambe, passer la pomme sur l'appareillage d'acier inoxydable, ne pas glisser. Édouard était resté à côté d'elle, prêt à la rattraper en cas de perte d'équilibre. Ensuite il fallait sécher la jambe au sèche-cheveux – impossible de passer une serviette entre les tubes d'acier. Puis brumiser les cicatrices avec une bombe spéciale. Enfin, se faire soi-même une piqûre avec une seringue jetable qui contenait un puissant antidouleur. — Vous plantez l'aiguille au niveau du mollet et vous poussez le piston de la seringue. Facile à dire.

Violaine avait demandé à Édouard de la laisser seule dans la salle de bains. Il errait dans le salon et se posta devant « leur » mur. Chacun s'en était approprié une partie pour y accrocher des photos qui lui tenaient à cœur. Celles d'Édouard représentaient des décors qu'il avait réalisés, parfois on l'y apercevait de loin avec des membres de son équipe et son collaborateur Marc Sagier. Il y avait aussi des couvertures de magazine de déco encadrées mettant à l'honneur ses réalisations. Le mur de Violaine ne présentait que des photos d'elle : Violaine avec Haruki Murakami, elle porte des lunettes noires ; Violaine avec John Irving, elle pose le doigt sur le tatouage de l'écrivain ; Violaine avec Philippe Sollers, elle lui a volé son fume-cigarette ; Violaine avec Houellebecq, ils fument tous les deux en tenant leur cigarette entre le majeur et l'annulaire ; avec Philip Roth, elle l'enlace sur un banc de Central Park ; avec Modiano, ils regardent tous les deux vers le ciel ; Violaine avec Stephen King, il pose sa main pour l'empêcher de parler, et une curiosité : Violaine avec les Rolling Stones au complet, elle tire la langue.

Tandis qu'Édouard se perdait dans les souvenirs du mur des photos, Violaine se contemplait dans la glace en pied de la salle de bains. Nue et appareillée à la jambe gauche, elle scrutait son reflet avec horreur. Elle approcha son visage du miroir pour y déceler des cernes sous ses yeux et des rides qui n'existaient pas quelques semaines plus tôt, et constater aussi la disparition progressive de teinture rousse dans ses cheveux désormais trop longs. Elle recula d'un pas. — J'ai perdu au moins douze kilos, murmurat-elle avant de s'emparer d'une brosse à cheveux qu'elle utilisait comme mètre étalon pour mesurer la distance entre le bas de ses seins et son nombril. La distance n'était plus la même et Violaine jeta la brosse contre le mur. Enfin elle se tourna et regarda ses hanches dans la glace et sa jambe appareillée en suivant la cicatrice qui serpentait sur la chair. Puis elle ferma les yeux.

Un long feulement, semblable à un cri de louve, retentit dans l'appartement. C'était pénible, ce chien japonais blanc qui ressemblait à un ours, songea Édouard – les voisins venaient d'acquérir l'animal et parfois il se mettait à hurler à la mort sans raison l'après-midi – avant de se rendre compte que le son ne venait pas d'en dessous, mais de l'appartement lui-même. — Violaine ? murmura Édouard avant de se précipiter vers la salle de bains.

— Violaine ?! cria-t-il avant d'ouvrir la porte sans attendre la réponse. Elle était recroquevillée devant le miroir et le gémissement montait dans les octaves sans pouvoir s'arrêter.

— Tu craques, c'est normal, mon amour. Mais je suis là. Je suis là…

— Ne me regarde pas ! Va-t'en ! hurla-t-elle en se débattant tandis qu'il tentait de la prendre dans ses bras. Je ne veux pas qu'on me voie ! gémit-elle. Sors d'ici !

65

— Calme-toi, tenta Édouard en tâchant de la saisir de force tandis qu'elle le repoussait violemment avant de céder, enfin.

— C'est ta faute ! cria-t-elle en frappant le sol de la main.

— C'est ma faute, concéda Édouard, prêt à tout pour la calmer.

— Tu m'as laissée partir dans cet avion ! reprit-elle entre deux sanglots. Il ne fallait pas !

— Oui, oui, fit Édouard en lui caressant les cheveux. Je ne te laisserai plus jamais partir.

— Plus jamais ! répéta Violaine, il ne faut jamais me laisser partir, jamais... fit-elle à bout de souffle. Jamais me laisser partir...

Dès le lendemain, Violaine retourna à la maison d'édition. En franchissant la porte de son bureau, elle retrouva le parquet ciré et le tapis rouge de Garouste et Bonetti ; son fauteuil en cuir noir pivotant sur roulettes, la lumière qui entrait par la grande fenêtre et les rideaux choisis jaunes afin de créer une illusion de soleil, antidote au ciel trop souvent gris de la capitale. Elle retrouva aussi sa table sur laquelle se mêlaient dans une totale anarchie manuscrits, Post-it, feuilles diverses, presse-papiers, mails imprimés et soulignés, stylos, crayons à gomme, notes punaisées au mur... — Il y a un ordre dans ce désordre, avait-elle coutume d'énoncer. Et le fait est qu'elle seule était capable de retrouver, entre un paquet de bonbons et une boulette de papier, LA feuille manuscrite sur laquelle figuraient les termes d'un futur contrat ou les brillantes idées notées durant un déjeuner avec un auteur.

Une odeur de charbon sec et chaud flottait dans l'air, une odeur de foin rance. L'odeur universelle des cigarettes blondes. — Mais…, s'offensa Violaine, qui a fumé ici ? Le service des manuscrits rassemblé se regarda un peu de la même manière qu'à l'hôpital. Pascal, le président-directeur général des éditions qui avait aidé Violaine à monter l'escalier avec sa canne, garda son silence d'homme d'affaires et ce sourire froid qu'il arborait en toutes circonstances, puis il se tourna vers elle : — Je suis assez d'accord avec toi, c'est choquant, commença-t-il dans une tentative d'ironie que Violaine ne saisit pas, d'autant plus qu'il est parfaitement interdit de fumer dans les bureaux et les espaces publics depuis 2008.

— Personne n'a fumé dans ton bureau, assura Marie.

— Mais si, insista Violaine, ça empeste la cigarette.

— Ce sont les tiennes, depuis le temps, fit Stéphane. On a vidé les cendriers et posé tes briquets ici.

— Ton dernier paquet est sur la table, poursuivit Murielle.

— Ah oui ? Merci, murmura Violaine. Merci… Et elle s'avança vers son bureau.

— On va la laisser reprendre ses marques, fit Pascal, et chacun repartit vers ses tâches.

Elle ferma la porte et s'approcha des briquets : un Dunhill, deux Dupont, un Cartier. Tous en acier ou en or. Ces objets lui évoquaient une vague impression de « déjà-vu » mais celle-ci était fugace, à la manière de ces noms qu'on a sur le bout de la langue sans parvenir à se les remémorer. Elle en ouvrit un pour en craquer la pierre. Le son aigu du capuchon en acier du Dupont tinta dans la pièce. Petite flamme bleue et jaune. Elle le referma dans un cliquetis caractéristique. Un son déjà entendu, mais rien de plus. Elle s'empara du paquet de cigarettes – Benson and Hedges dorées 100's, respira les corps blancs des cigarettes au parfum de miel. Elle en tira une, porta le filtre à ses lèvres, se saisit délicatement du briquet Dunhill en or. Le bout de la cigarette devint incandescent dans un grésillement. Violaine tira une bouffée qui emplit la pièce d'un nuage semblable à du lait bleu qu'on aurait versé dans de l'eau. L'image de Michel Houellebecq fumant devant la fenêtre de sa chambre d'hôpital lui revint aussitôt à l'esprit, si bien qu'elle se retourna pour vérifier si Proust n'était pas assis sur un fauteuil, Perec en train de caresser un chat, Woolf de parler toute seule et Modiano de murmurer à l'oreille d'une mystérieuse jeune fille blonde. Non, il n'y avait personne. L'odeur du tabac qui venait de passer de sa gorge à ses narines était désagréable et surtout « nouvelle ». Elle inspira une seconde bouffée et avala la fumée. Elle en eut la respiration coupée et se plia en deux pour partir dans une quinte de toux si violente que Magali, la secrétaire, toqua à sa porte pour lui demander si tout allait bien. Les yeux rouges et baignés de larmes, Violaine lui ouvrit et dans un souffle lui demanda un verre d'eau.

Le verre était maintenant vide et Violaine, assise dans son fauteuil, regardait fixement son téléphone portable. Elle le prit et valida le numéro du cabinet de son psy, Pierre Stein. — Cabinet du docteur Stein, fit la voix féminine. — Bonjour, je voudrais parler au docteur Stein. — Je suis désolée, il est en rendez-vous, je peux prendre un message ? — Non, je rappellerai. Elle composa directement son portable et il décrocha aussitôt, au milieu de bruits de conversations et du sifflement d'un percolateur.

— Pierre ?

— Violaine.

— Je te dérange ?

— Non, je suis au café.

— Pierre... Il paraît que je fume.

— Moi aussi, il paraît que je fume, un paquet par jour depuis quarante ans, t'as autre chose ? Parle-moi plutôt de toi, comment vas-tu ?

— ... Je te parle de moi, Pierre. Je n'ai aucun souvenir d'avoir jamais fumé des cigarettes.

— Tu te fous de moi ?

— Non.

— ... Tu as d'autres troubles ? Sa voix s'était brusquement faite plus sèche et presque désagréable.

— Oui...

Il n'y eut plus que les bruits du café dans le téléphone.

— Viens me voir ce soir.

« Cigarettes, vêtements, bijoux », écrivit Violaine sur une feuille de papier. Après sa crise de nerfs dans la salle de bains, elle avait ouvert sa penderie pour trouver une jupe et un haut – elle pensait à la jupe grise et au top noir et rouge. Elle fut très surprise de découvrir une robe orange en soie, puis une autre bleue à motifs. Elle fit défiler les cintres les uns après les autres. Violaine se rappelait la provenance de chacun de ses vêtements : la robe parme à ceinture avait été achetée avec Édouard à Rome, le pantalon blanc cassé venait de Londres, le manteau gris souris à col noir de San Francisco, le petit haut beige à bretelles d'une boutique de troc dans le 20e arron-dissement. Sa garde-robe était comme la mémoire vive de tous les voyages et déplacements qu'elle avait effectués dans le monde.

La robe orange en soie et la bleue à motifs étaient maintenant posées sur le canapé, et surtout recou-vertes d'une bonne vingtaine d'autres qui gisaient mollement sur leur cintre. Violaine contemplait cet amas, c'était comme si une vingtaine de femmes s'étaient assises l'une après l'autre sur le canapé pour soudainement s'évaporer et ne laisser que ce qu'elles portaient. Elle n'avait aucun souvenir de ces vingt tenues. Aucun souvenir de les avoir jamais revêtues. Aucun souvenir d'une boutique en France ou ailleurs dans laquelle elle les aurait achetées. Si la situation la laissait aussi désemparée qu'angoissée, elle possédait malgré tout un aspect plus plaisant : c'était comme si un diable facétieux ou un Père Noël était venu disposer des vêtements parfaitement à sa taille et à son goût dans sa penderie. Lorsqu'elle ouvrit son coffret à bijoux, le même phénomène se reproduisit : si elle se rappelait parfaitement certaines bagues et certains colliers, d'autres lui étaient inconnus, comme si la même main qui avait accroché dans la penderie les mystérieuses robes avait ajouté une poignée de bijoux dans le coffret. Jamais elle n'avait vu ces boucles d'oreilles en corail, cette bague en or et nacre, encore moins ce saphir enchâssé dans un anneau d'argent.

— Édouard ?
— Tu veux que je t'aide à t'habiller ? fit-il en ouvrant la porte. Violaine récupéra la robe orange au fond de la pile et la disposa devant elle au niveau de son cou.
— Tu m'as déjà vue avec cette robe orange ?
— Des dizaines de fois, pourquoi ?
— Pour rien.

« Il y a longtemps, il s'est produit un événement. En cet après-midi d'hiver, dans la grande ville, à la terrasse de ce café et sous ce ciel d'un gris lunaire, je prends ma décision : toutes les dettes seront bientôt payées.

Il est temps de raconter la vie des honnêtes gens qui vivaient paisiblement dans ce bourg de la campagne française et aussi, un peu, mais pas trop, celle des autres, ces autres qui leur ont pris leurs vies. Je suis l'ange de la mort et je reviens le temps d'un récit. Écoutez-moi. »

Ainsi commençait *Les Fleurs de sucre*.

camilledesencres@gmail.com

Violaine,

Je ne vous veux aucun mal.

Ce livre vivra sa vie en dehors de moi. Et ceux qui doivent mourir vont mourir. Toutes les dettes seront payées.

CD

Les yeux de Violaine passaient des pages imprimées au dernier contact par mail avec l'auteur sur son écran d'ordinateur. Elle ouvrit l'onglet des chiffres de ventes du livre et vérifia son positionnement dans le classement. Il était passé de la dix-huitième place à la quinzième. On l'avait déjà réimprimé trois fois. La presse suivait. Pour les radios et les télés, rien n'était possible sans Camille Désencres. François Busnel avait émis le souhait de la recevoir prochainement à La Grande Librairie, et c'est avec mille précautions qu'il avait fallu lui expliquer que l'auteur était très flatté, mais ne souhaitait pas apparaître à la télévision pour l'instant. La ligne de communication définie par la maison d'édition était la suivante : l'auteur était très timide et ne souhaitait pas s'exposer. Non, ce n'était pas un auteur de la maison qui avait écrit sous un pseudonyme, oui, l'auteur allait se montrer bientôt. À l'ultime question : est-ce un homme ou une femme ? on répondait : vous le verrez bien.

Elle sortit la fiche de lecture de Béatrice.

LES FLEURS DE SUCRE : au décès de ses parents, une jeune fille apprend que ceux qu'elle pensait être ses parents étaient en fait ses grands-parents. Sa véritable mère a fui après sa naissance. Elle est le fruit d'un viol collectif. Elle part à la recherche de sa mère et tue les uns après les autres les quatre hommes qui ont violé cette dernière.

L'histoire est relatée par un narrateur ou une narratrice dont on ne saura jamais s'il est cette jeune fille ou un témoin des événements. On ne sait d'ailleurs pas s'il s'agit d'un homme ou d'une femme. Tout le livre est une longue confession. Les crimes, tous commis avec un vieux pistolet datant de la guerre, possèdent une force onirique qui pourrait faire penser qu'ils relèvent du fantasme. Il ne s'agit en aucune façon d'un roman policier, même s'il en emprunte la structure. Le style approche parfois la prose d'un cantique. Je pourrais dire que le roman entier est une supplication au destin de s'accomplir.

C'est l'un des textes les plus singuliers que j'aie lus dans ma vie. Il est bouleversant et je ne cesse d'y penser. Je pose à mon tour un soleil et valide donc la première lecture de Marie. À ce propos, je ne l'ai toujours pas rencontrée, qu'elle vienne me voir un de ces jours.

P.-S. : Le titre est très bon. Il fait référence à des sculptures en sucre que réalisaient autrefois les artisans pâtissiers.

— Violaine ? appela Magali, la secrétaire, en toquant contre la porte entrouverte. L'accueil signale qu'il y a une jeune femme un peu punk qui ne veut pas partir, elle dit qu'elle vous a envoyé un manuscrit sur les tireuses de cartes après vous avoir entendue parler du destin sur France Culture.

— Je sais, il est là, répondit Violaine en désignant un manuscrit d'une centaine de pages dont le papier ressemblait plus à du parchemin qu'aux classiques blocs de papier blanc du service des manuscrits avec leurs spirales noires ou blanches. Celui-ci était même relié avec des fils de chanvre. Violaine avait reçu cette curiosité peu avant son accident d'avion. Le texte était entièrement écrit à la plume et à l'encre de Chine, et retraçait l'histoire de tarots oubliés et de tireuses et tireurs de cartes autrefois célèbres dont le commun des mortels ignorait aujourd'hui l'existence. L'auteure, une certaine Karine Visali, avait dessiné elle-même, toujours à la plume et aux encres de couleurs, les jeux de tarots et leurs interprétations. Elle avait dû passer des mois à réaliser cet unique exemplaire – pourtant complètement hors sujet pour un service des manuscrits à la recherche de romanciers.

— Elle veut le récupérer, je suppose. Rendez-le-lui. La secrétaire prit le manuscrit dans la pile et s'éloigna. Violaine resta silencieuse puis décrocha son téléphone.
— L'accueil ? C'est Violaine, Magali est en train de descendre pour remettre une sorte de grimoire à une punk. Faites-les remonter tous les trois. Oui… les trois : Magali, le grimoire et la punk. Merci.

— C'est la mort, ça ? demanda Violaine en désignant une carte qui représentait une silhouette de squelette vêtu d'une robe de bure rouge.

— Oui, mais elle est évitée. C'est votre accident, je pense.

Depuis dix minutes, les cartes s'étiraient en une longue ligne sur la table basse du bureau, là où Violaine prenait d'habitude le café avec un auteur. Certaines étaient retournées, d'autres pas. « Punk » était bien excessif. Certes, Karine Visali avait les cheveux rasés sur la partie gauche du crâne et les autres retombaient en une mèche qu'elle avait ornée de perles de couleur, mais elle était loin des crêtes, des épingles à nourrice et blousons de cuir à clous. Elle portait une salopette en jean délavé, des bracelets de pierres et des plumes d'oiseaux en boucles d'oreilles. Violaine lui donnait à peine la trentaine, elle suivait ses doigts aux ongles rongés qui se déplaçaient sur la ligne de cartes en comptant. Quatre, cinq… elle retourna une carte qui montrait un homme en costume du XVIIIᵉ siècle allongé sur une méridienne et qui tenait dans la main un candélabre flamboyant.

— Le conseiller, c'est le maître des songes et des territoires secrets. Il vous aide. Vous avez un confident ou… un psy ? Violaine leva les yeux vers elle et la regarda sans mot dire.

— Continuez, murmura-t-elle.

— Un, deux, trois, fit Karine et elle retourna deux autres cartes. On y voyait un conciliabule dans une sorte de salon de réception de château ; l'un constitué de femmes, l'autre d'hommes. — Beaucoup de gens s'agitent autour de vous. Vous êtes l'objet de toutes les attentions. Elle retourna une nouvelle carte avec un homme portant sur l'épaule un baluchon. — Le voyageur, énonça Karine, puis elle compta huit cartes et posa son doigt sur celle à la sphinge devant un sablier. — Quelqu'un a fait un très long voyage pour venir jusqu'à vous. Elle retourna une carte qui représentait un dragon posté devant un coffre rempli de pièces d'or. — Le secret… murmura-t-elle, le voyageur porte un secret. Choisissez une carte retournée. Violaine posa le doigt sur une carte et Karine la décala légèrement de la ligne du jeu. — Encore deux autres, s'il vous plaît. Violaine en désigna deux, Karine les décala. Elle retourna la première : — Le lépreux, puis les deux autres simultanément : — Le prisonnier, la reine.

— C'est un jeu très particulier. Il y a un problème d'identité, dit-elle avant de reposer son doigt sur la carte du voyageur. Le voyageur n'a pas d'identité, tout tourne autour de la reine, c'est vous la reine, il y a un problème avec le passé et la mémoire, cinq, six, sept… Elle retourna une carte sur laquelle apparut un chien qui aboyait. — La vengeance. Huit, neuf… La mort, et trois, le conciliabule des hommes. Le voyageur porte un secret qui menace des hommes, ce secret est porteur d'une vengeance, mais elle épargne la reine. C'est comme si des éléments avaient été oubliés. Vous connaissez quelqu'un qui a un problème de mémoire ?

Violaine la regarda à nouveau.

— On va vous publier, annonça-t-elle. Dans la collection beaux livres. On va faire le fac-similé de votre grimoire à la plume, ce sera très beau. Continuez.

— Vous plaisantez, vous allez vraiment éditer mon travail ? fit Karine, dont les yeux devinrent brillants de larmes.

— Continuez, ne vous déconcentrez pas.

— Prenez des cartes sans les regarder et couvrez le jeu, fit Karine en reniflant.

Violaine couvrit l'une après l'autre les treize cartes de la ligne. Karine les retourna en les disposant au-dessus des premières, créant une seconde ligne, et Violaine vit apparaître le roi au-dessus de la reine.

— Vous avez un compagnon, un mari ?

— Oui.

— C'est lui.

— Je l'ai posée au hasard… murmura Violaine.

— Il n'y a pas de hasard. Le jeu se confirme. Trois, quatre, cinq, l'alchimiste, six, sept, le bibliothécaire. Neuf... la reine. Vous avez un problème avec un livre ? Violaine ferma les yeux et ne trouva rien à lui répondre.

— Douze, treize, reprit Karine pour s'arrêter sur la carte d'un homme en costume et les bras croisés : le prévôt.

— Le prévôt ?

— C'est l'ancien nom du policier ou de l'homme de loi. Huit, neuf... le chemin, onze, douze, le secret, treize, la reine. Le prévôt est en route, mais le roi et la reine triomphent. Ça, en revanche, je ne sais pas ce que c'est, dit-elle en pointant deux cartes : le conciliabule des hommes et la mort. C'est comme si certains devaient mourir. Comme si c'était écrit.

— Merci, Karine, souffla Violaine. On va vous préparer un contrat.

La tireuse de cartes partie, Violaine se saisit de son paquet de cigarettes, le contempla et le jeta dans la poubelle. Elle rangea les briquets dans un tiroir et sortit de son bureau pour rejoindre le service des manuscrits en s'appuyant sur sa canne anglaise.
— Ça va ? demanda Murielle. — Ça va, et vous ? répondit Violaine dans un sourire. — Que des carrés, soupira Stéphane, pas le moindre croissant de lune. — Quant à un soleil..., renchérit Marie avec un petit air désolé. — Ne te plains pas, tu as trouvé le dernier ! lui rétorqua Murielle. Et Violaine sourit

à nouveau en les observant se parler les uns et les autres sans lever le nez de leurs manuscrits. Sa vie était vraiment ici, entre ces murs, dans cette pièce, là où elle avait commencé. Elle avait lutté si fort pour obtenir tout ça. Sa réussite tenait du miracle, songea-t-elle en posant les yeux sur les étagères d'Édouard. Oui, toute sa vie était liée à cette pièce.

— Violaine ? fit Magali, l'accueil vous a télé-phoné, il y a quelqu'un de la police qui souhaite vous voir.

La salle d'attente de Pierre Stein était, comme son bureau, à son image : raffinée et vaguement inquiétante. Stein avait choisi un tissu mural rouge, des canapés profonds, des coussins de soie et des lampes anciennes disposées dans la pièce de façon à créer un éclairage d'appoint tamisé. Le rouge était, d'après lui, une couleur qui excitait les patients et il était bon, à l'en croire, qu'ils arrivent parfaitement éveillés sur son divan. Son bureau était une pièce beaucoup plus grande que la salle d'attente et la lumière y baissait encore d'un cran. Les murs étaient recouverts d'étagères faiblement éclairées qui recelaient des rangées de livres ou des bibelots. S'il possédait des ouvrages récents, la plupart dataient de plusieurs siècles et constituaient son fond de la « prépsychanalyse » : des études datant du XVIIIe siècle sur l'hystérie ou la nymphomanie, des ouvrages du début du siècle sur des troubles psychiatriques aussi variés que la lycanthropie ou encore le syndrome de Capgras dont les malades sont persuadées que leurs proches ont été remplacés par des sosies. L'étagère dont il était le plus fier contenait une bonne centaine d'ouvrages ayant pour seul objet le crime et son étude psychiatrique. Si ses préférences littéraires pouvaient inquiéter, son obsession en tant que collectionneur se portait vers un thème bien inoffensif : la poterie d'art populaire. Jarres, pichets, assiettes, tous plus naïfs les uns que les autres, garnissaient les étagères et meubles de son bureau. On y voyait s'ébattre des animaux dans des paysages bucoliques, des silhouettes de fermières ou de prêtres, voire de cantonniers. Stein trouvait cela « très rassurant » et récusait les analystes qui ornent leurs cabinets de masques africains ou de statues vaudoues.

Dans la salle d'attente, il n'y avait jamais aucun magazine. Seulement quelques livres : *À la recherche du temps perdu* en Pléiade était négligemment posé sur la table basse, ainsi qu'un Tolstoï et un recueil de nouvelles de Maupassant. Violaine s'était installée dans le canapé et du bout des doigts caressait une des tiges d'acier poli de sa jambe en se remémorant sa rencontre avec la lieutenante Tanche.

Sophie Tanche était de taille moyenne, plutôt enrobée, avec des cheveux châtains courts. Violaine lui donnait une bonne trentaine. Elle était vêtue d'un blouson de cuir noir type Perfecto dont l'achat devait remonter à plusieurs années : il était patiné, et surtout la sanglait à la manière de ces vêtements devenus trop petits dont les propriétaires n'arrivent pas à se défaire pour des raisons le plus souvent

sentimentales. — Lieutenante Sophie Tanche du
SRPJ de Rouen, section criminelle, s'était-elle présentée.

— C'est chouette, ici, avait-elle observé en regar-
dant autour d'elle.

— Assez, oui, avait répondu Violaine.

— C'est beau, ces rideaux jaunes.

— Ce sont des soieries lyonnaises. Mon mari est
décorateur.

— C'est bien, d'avoir un mari décorateur, c'est
pratique…, avait dit la lieutenante, et Violaine eut
l'impression que cette phrase-là était une pensée per-
sonnelle émise à haute voix.

Violaine lui avait proposé un café qu'elle avait
décliné sous prétexte qu'elle en buvait trop – elle
avait accepté un verre d'eau gazeuse. Elle s'était levée
pour se diriger en boitant vers le placard qui contenait le petit réfrigérateur avec des bouteilles d'eau,
de sodas et de whisky. — Vous vous êtes blessée ?
Violaine s'était tournée vers elle et avait relevé sa
jupe longue jusqu'à la hanche, dévoilant l'appareillage de sa jambe.

La lieutenante avait émis un sifflement : — Voiture ?

— Avion. J'étais dans celui qui s'est écrasé à
Roissy.

— Oh ? L'énorme truc cassé en deux ?

L'envie de se verser un verre de Bowmore et de
le boire cul sec devant la policière avait traversé son
esprit, mais elle s'était contentée de respirer profon-

dément. Elle avait servi deux verres d'eau pétillante. La policière avait bu le sien d'un trait. Violaine n'y avait pas touché et fixait son interlocutrice. Elle tentait d'appliquer à la lieutenante la grille d'analyse dont elle faisait toujours usage lors de sa première rencontre avec un écrivain. Première impression : l'auteur est-il modeste et sympathique ou prétentieux et imbuvable, va-t-on s'entendre dans les mois et peut-être même les années à venir ? Est-il intelligent ? D'où vient-il ? Quelles sont ses origines sociales ? Ment-il sur certains points ? Est-il timide ou fait-il semblant de l'être ? Peut-on lui faire confiance ? Écrira-t-il un autre livre ? L'impression laissée par la lieutenante Tanche était la suivante : en fait trop pour paraître sympathique. Est timide, au fond. Mal à l'aise dans les classes sociales favorisées. S'est donné énormément de mal pour arriver là où elle est. Bien plus intelligente qu'elle ne veut le laisser voir. Profondément malheureuse.

— Vous avez des yeux verts incroyables, on a déjà dû vous le dire, avait dit Sophie Tanche.
— En effet.
Il y avait eu un silence durant lequel on entendait le pétillement des bulles dans les verres.
— Bon, avait repris la lieutenante, on a parlé des soies, des yeux, de l'avion, maintenant on va aborder le but de ma visite.
Elle s'était penchée vers son sac à bandoulière et en avait sorti un exemplaire des *Fleurs de sucre*.
— Vous reconnaissez ce livre ?

— Oui, je l'ai publié.

— Et moi je l'ai lu, avait enchaîné la lieutenante. Vous fumez ?

— Non.

— Pourtant, ça sent la cigarette ici.

— Vous pouvez fumer, lieutenante.

— Merci…, avait soupiré Sophie Tanche. Et elle avait sorti un paquet de Marlboro rouge ainsi qu'un briquet Bic qu'elle avait allumé. Elle avait poursuivi dans une bouffée de fumée :

— Dans ce livre que vous avez fait paraître, quatre crimes sont évoqués. Le premier, avait-elle fait en marquant une pause, ressemble singulièrement à une affaire dont j'ai été chargée il y a un an.

— Je ne vois pas le rapport entre l'œuvre d'un auteur et un dossier de la police criminelle, avait tenté Violaine.

— Moi si. Elle avait ouvert *Les Fleurs de sucre* à une page qu'elle avait marquée d'un Post-it et lu à voix haute : « *Au petit matin, lorsque la brume enfin se lèvera dans le mauve irisé des premiers rayons, ils seront là. En prière, les corps déjà raides, telles des statues d'argile, ils seront tous les deux dans la clairière. Mon premier sera à genoux devant ses péchés. D'une balle en plein front, son âme aura été rendue au diable – lui seul saura en faire usage pour les siècles des siècles. Mon second regardera le ciel sans y trouver la promesse d'une quelconque rédemption. Le Luger P08, l'arme dont les balles sont estampillées des deux "s" de la Waffen SS, s'est révélé le compagnon parfait pour poursuivre cette mission. L'arme des salopards pour tuer des*</sup>

salopards, *l'arme des ordures pour tuer des ordures.*
L'arme ignoble m'a été donnée pour suivre ce chemin
de lumière. »

— Un beau passage, avait commenté Violaine.

— Oui, avait acquiescé la lieutenante avant de
se pencher à nouveau vers sa sacoche à bandoulière
et d'en sortir un dossier pour en extraire une photo
couleur de la taille d'une feuille de papier machine.

— Et une très belle illustration, avait-elle énoncé
en posant la photo sur la table basse devant Violaine.
L'image montrait un homme brun d'une cinquantaine d'années, en tenue de jogging, à genoux dans
des feuilles mortes, la tête inclinée vers l'avant, un
trou sombre entre les deux yeux. À ses côtés, un blond
du même âge, lui aussi en tenue de sport, dans la
même position. La tête cette fois était rejetée en
arrière, il avait les yeux exorbités, la mâchoire grande
ouverte et semblait regarder le ciel avec horreur. Un
trou sombre dans le front.

— Le premier se nomme Sébastien Balard, avait
repris la lieutenante, il possédait une boîte de nuit
en Normandie près de Rouen : Le Thor. Il la tenait
de son père. Le second, c'est Damien Perchaude,
le notaire d'un village qui se nomme Bourqueville.
Ils se connaissaient depuis le lycée et faisaient du
jogging ensemble tous les dimanches matin. Cette
fois, ils n'ont pas fini leur parcours. C'était il y a
un an. Interrogatoires des proches, police scientifique, emploi du temps des suspects, j'ai remué ciel
et terre.

Violaine avait fixé la photo avant que ses yeux ne dérivent vers les mains de Sophie Tanche : elle se massait l'annulaire pour en retirer discrètement une bague en or avec une pierre verte en cabochon. Elle l'avait posée sur la table, devant son verre, et la bague avait laissé une marque sur son doigt.

— Sébastien Balard a touché au trafic de drogue avec sa boîte de nuit : coke et ecstasy. Disons qu'il avait des fréquentations très douteuses. La boîte a été fermée à trois reprises, mais il s'en est toujours sorti. Son copain Perchaude avait des parts dans l'établissement. Un règlement de comptes sur fond d'un trafic non identifié par nos services reste la piste privilégiée. C'est surtout la seule. Vous m'écoutez, madame Lepage ?

Violaine était comme hypnotisée par la bague de la lieutenante et avait relevé la tête avec peine.

— Oui, je vous écoute, lieutenante. Vous avez dit : « C'est surtout la seule. »

— Bref, avait repris Sophie Tanche, le dossier est vide. Quelques arrestations dans les milieux de la petite et grande délinquances. Tous relâchés. Une autre issue de la drogue et des parrains roumains qui tiennent plusieurs réseaux en Normandie. Aucune lettre de menace, aucun appel suspect sur leurs portables. Pas d'ADN sur la scène de crime. L'enquête est au point mort. Et puis votre livre sort… et jette un éclairage radicalement différent sur mon affaire.

Violaine l'avait observée sans rien dire. Et la lieutenante avait poursuivi :

— En fait, il y a quatre amis, quatre hommes inséparables depuis le lycée : Sébastien Balard, mort, Damien Perchaude, mort, et les deux autres : Marc Fournier, l'un des fils de l'ancien maire de Bourqueville, devenu chauffeur de taxi, et Pierre Lacaze, un chef cuisinier parti il y a dix ans à Los Angeles ouvrir un restaurant français et qui vient de revenir en France. Il est à Paris depuis août au restaurant Le Louis XIX. Elle avait tiré sur sa cigarette et secoué la cendre dans une coupelle. Si je suis le fil du récit du livre que vous avez publié, deux autres personnages doivent encore mourir : le chauffeur de taxi et le chef cuisinier.

La lieutenante avait fait une pause.

— Il y a aussi autre chose...

— Quoi donc, lieutenante ? avait murmuré Violaine dont les yeux passaient de la photo à la bague.

— Balard et Perchaude ont été tués avec un Luger P08 dont les balles sont estampillées des deux "s" de la SS. Or, ce détail n'a jamais été divulgué dans la presse. Je vais vous demander de me communiquer les coordonnées de votre auteur, Camille Désencres.

— Je suis content de te voir, déclara Pierre Stein en prenant Violaine dans ses bras. Avec ses cheveux désormais gris-blanc et sa barbe de trois jours savamment entretenue, Pierre ressemblait de plus en plus à Serge Gainsbourg. Ce qui n'était qu'impression fugace quelques années plus tôt s'apparentait désormais à un étrange mimétisme que ne faisait qu'accentuer la pénombre de son bureau. Violaine s'était allongée sur le divan recouvert de l'habituel cachemire rouge et Pierre avait sorti une bouteille de champagne et deux flûtes. — Ma cave, avait-il annoncé. Trinquons à ton retour parmi les vivants. Champagne Salon 2007. Et il avait fait sauter le bouchon pour remplir les deux verres qu'il avait fait tinter avant de se rasseoir dans son fauteuil.

Chacun dégusta le précieux liquide pétillant.

— C'est très bon, déclara Violaine.

— Ça peut, avec un Salon 2007, remarqua Pierre dans une moue. On est quand même à 500 euros la bouteille !

— Ne sois pas vulgaire, s'il te plaît, je bois juste les droits d'auteur que nous te versons, lui rétorqua Violaine.

Pierre sourit, puis laissa s'écouler une longue minute.

Il approcha le cendrier sur pied, alluma une cigarette et la fumée l'entoura comme un songe de vapeur.

— J'ignorais que je fumais, commença Violaine. Et je n'éprouve aucun manque.

— Quelle chance tu as...

— Tais-toi. Il y a autre chose : je ne me souviens pas du quart de mes vêtements ni de mes bijoux.

Pierre but une gorgée de sa flûte.

— Un exemple ?

— Une robe orange, très belle. Je ne me rappelle pas l'avoir achetée et pourtant Édouard m'a déjà vue plusieurs fois avec.

Pierre ouvrit son ordinateur. — Continue, l'encouragea-t-il.

— Les bijoux... Je n'ai aucun souvenir d'un certain nombre de bagues et de boucles d'oreilles. Rien. C'est comme si quelqu'un les avait déposés là. J'ai peur, Pierre. J'ai peur d'avoir oublié d'autres choses.

— Tu as fait une IRM du cerveau ?

— Tout est normal, apparemment.

— Ta robe orange, c'est une Bottega Veneta ?

— Oui, comment sais-tu ça ? dit Violaine en se redressant dans le divan.

— Aucun souvenir des vêtements, reprit Pierre, en soufflant la fumée de sa cigarette, des bijoux non plus ? Et même pas des cigarettes, toi qui fumes plus d'un paquet par jour... C'est fascinant, observa-t-il dans un sourire.

— Qu'est-ce qui est fascinant ?

— Le cerveau, Violaine, le labyrinthe est fascinant..., murmura-t-il en faisant jouer avec élégance sa cigarette entre ses doigts. Puis, il la posa dans un cendrier de verre et la fumée monta en un trait vertical vers le plafond. Il ouvrit un tiroir de son bureau avant de revenir vers Violaine et de s'installer sur le fauteuil à côté du divan. — Et ça ? demanda-t-il en déposant dans sa main une poignée de bagues en or et en argent agrémentées pour la plupart de pierres fines ou précieuses.

Violaine les regarda scintiller dans le creux de sa main. — Qu'est-ce que c'est ? demanda-t-elle, un peu effrayée.

— Tu ne sais pas de quoi il s'agit ?

— Non, d'où sors-tu ces bijoux ?

Pierre sourit à nouveau. — Fascinant, répéta-t-il, avant de se lever et de terminer cul sec sa flûte de champagne, debout au centre de la pièce.

— Violaine, fit-il, tu es cleptomane. Tu me rapportes des bijoux depuis des années, j'en ai toute une collection dans le tiroir de mon bureau. Tu voles tout le temps. Tu voles des robes aussi, tu m'en parles lors de nos séances, tu me les décris en détail. J'ai tout noté. Je suis même allé te chercher deux fois au poste de police, quand tu as volé chez Cartier et chez Dunhill. J'ai rédigé pour toi des dizaines de lettres afin que tu ne sois pas poursuivie.

Ta grande peur, c'est qu'Édouard l'apprenne. Et toi, tu n'as donc... aucun souvenir de tout ça.

— Tu mens ! protesta Violaine.

— Absolument pas ! répliqua Pierre Stein, piqué, et il se dirigea vers son bureau pour enlever le tiroir et le poser sur les genoux de Violaine. Au fond, il y avait plusieurs dizaines de bijoux, allant de la pacotille à des modèles sophistiqués et sans doute bien plus chers.

— Voilà tout ce que tu m'as apporté. Tu me fais des « cadeaux » presque deux fois par mois.

Violaine promena ses doigts sur les bijoux et leva les yeux vers Pierre en secouant la tête. — Je suis désolée, je ne me rappelle pas. Tout a été effacé, Pierre.

— C'est ça qui est fascinant ! s'écria-t-il en reprenant le tiroir. Tu es un objet d'étude extraordinaire.

— Mais enfin, je n'ai pas volé tout ça ?

— Si, répondit sobrement Pierre. Sexe ? enchaîna-t-il sans transition.

— Comment ça, « sexe » ?

— Sexuellement, tu en es où ? Des souvenirs ? s'informa-t-il en reprenant sa cigarette.

— Tu m'emmerdes, Pierre, je ne vais pas te raconter ma vie avec Édouard, qu'est-ce qui te prend ? Tu crois que j'ai la tête à faire l'amour en ce moment, tu m'as bien regardée ?

— Ce n'est pas de ça que je te parle... Laisse tomber. Ce sera l'objet d'une autre séance. Le péché, formula-t-il après une nouvelle pause.

— « Le péché ? » Qu'est-ce que tu veux dire ?

93

— Ton cerveau, Violaine, a oublié tes vices et tes péchés. Les bijoux, les vêtements, le tabac…

Violaine ne trouva rien à répliquer et, par réflexe, plongea la main dans la poche de sa veste pour y découvrir, du bout des doigts, un anneau métallique serti d'une pierre ronde en cabochon. La bague de la lieutenante Tanche. Elle ferma les yeux et respira profondément.

— Pierre, une lieutenante de police est venue à la maison d'édition. Elle m'a montré une photo de deux hommes tués d'une balle dans la tête, comme dans *Les Fleurs de sucre*… En fait, Pierre, ces hommes, je les connais.

DEUXIÈME PARTIE

« On me dit beaucoup de bien de vous. » C'étaient
les premiers mots qu'avait prononcés Charles en
accueillant Violaine dans son bureau au sein de la
maison d'édition. C'était il y a plus de vingt ans.
Il avait, comme à son habitude, ponctué sa phrase
d'un sourire tout en invitant Violaine à prendre
place sur le canapé avant de s'y installer à son tour.
Puis, il s'était passé la main dans ses cheveux blonds
parsemés de fils d'argent qui retombaient en une
longue mèche sur son front et avait aussitôt lissé
d'un geste sec sa petite moustache qui lui donnait
un faux air de colonel britannique. À bientôt 60 ans,
Charles était le troisième du nom à diriger la maison
d'édition fondée par son ancêtre. Charles avait
toutes les clefs, tous les laissez-passer, tous les codes
de toutes les portes, grilles et autres tourniquets du
monde de l'édition dans lequel il était né. Violaine
avait à peine dépassé la vingtaine et portait ses
cheveux longs et dénoués dans le dos, mais possédait déjà ces traits si délicats et ces yeux verts qui

l'aideraient à tracer son chemin. « Si j'ai bien compris, Bernard vous a ramenée de Normandie ?
Quelle bonne idée il a eue d'accepter cette signature
à Rouen ! J'encourage toujours les auteurs à accepter les invitations des libraires », avait affirmé Charles
dans un sourire de connivence.

Violaine travaillait alors à mi-temps dans une
grande librairie de Rouen – elle y passait l'intégralité
de ses week-ends. Elle jonglait avec ses horaires et
ses cours de lettres modernes. La fac peut avoir ce
défaut qui peut devenir un privilège de ne pas se
soucier de ses étudiants : des noms inscrits sur des
listes – qu'ils soient présents ou pas dans ces amphi-
théâtres n'entraîne aucun blâme, aucune lettre aux
parents, aucune recherche. La sanction tombe à la
fin de l'année, si vous n'avez pas le niveau pour les
derniers partiels et si vous ne vous êtes pas présenté
aux rares examens.

L'université est le lieu idéal pour sortir des écrans
radars – pour passer incognito. Pour disparaître.

Violaine était entrée dans la librairie après avoir
lu une annonce scotchée à même la porte en verre :
« Cherche vendeur/se, se présenter à l'accueil. » Après
un bref entretien, elle fut engagée et commença dans
la semaine. Son salaire et quelques autres subsides
lui permettaient de vivre chichement dans une
minuscule chambre sous les toits, dans un immeuble
du vieux Rouen. On la délégua rapidement aux
« rencontres littéraires ». Violaine lisait vite, aimait

parler avec les écrivains dont la plupart étaient ravis qu'une jolie jeune femme souriante les escorte durant leurs soirées en librairie.

Bernard Ballier était un auteur à succès de romans historiques. Ses lecteurs étaient enchantés de suivre une intrigue dans le Paris d'Henri IV ou le Naples de Murat tout en se cultivant sur cette époque puisque tout ce qu'il décrivait, événements historiques comme scènes de la vie quotidienne, était le fruit de scrupuleuses recherches qui avaient fait sa réputation. Réputation toutefois usurpée puisqu'une équipe entière d'étudiants payés au lance-pierre et de conseillers historiques grassement rémunérés pour leur discrétion travaillaient en fait pour lui. Mais il s'agissait là d'un secret de fabrication connu de sa seule maison d'édition ; ses lecteurs n'y auraient jamais accès. Affable, orgueilleux, dragueur, Bernard Ballier avait ponctué sa soirée de dédicaces à la librairie par un : — Vous dînez avec moi ? adressé à Violaine. Elle avait accepté et après une soirée au restaurant La Couronne, tous deux s'étaient promenés dans les rues de Rouen jusqu'à ce que leurs pas les conduisent comme par hasard à l'entrée de l'hôtel où était descendu l'écrivain.

Deux heures plus tard, Ballier, calé dans les oreillers du grand lit, tirait sur sa cigarette : — Tu es une fille singulière, je dirais même assez exceptionnelle à tous points de vue. Quel dommage que tu n'habites pas Paris, on aurait pu avoir une vraie liaison.

— Emmène-moi, lui avait répondu Violaine, en se dirigeant vers la salle de bains.

— Et tes études ? Ton travail ?

— La fac de lettres ? Ça ne me mènera nulle part. Je ne veux pas devenir prof. La librairie ? Je ne vais pas rester là toute ma vie. Tu veux bien m'emmener ? Je prends une douche, je m'habille, je suis prête. On y va, lui avait-elle déclaré le plus posément possible, mais avec, au fond des yeux, un défi certain.

— Tu gagnes combien ? Tu vis où ? avait répliqué Ballier, qui s'était piqué au jeu et cédait au vertige d'embarquer sa dernière conquête dans ses bagages du lendemain.

Violaine avait révélé le montant de son modeste salaire et décrit son logement comme un « appartement de souris ».

— Un appartement de souris, je peux t'en trouver un autre, et pour l'argent, j'ai une idée. Il laissa passer le temps d'une bouffée de tabac expirée dans la pièce et l'interrogea : Tu sais ce que c'est qu'un service des manuscrits ?

Charles continuait de la fixer avec un sourire de connivence. — Bernard voudrait que je vous engage au service des manuscrits, comme lectrice. Une place est vacante. Vous avez déjà lu des manuscrits ?

Violaine avait fait signe que non.

— Le but de l'opération, c'est de trouver de bons textes, mais pas uniquement…, avait-il ajouté en lissant encore sa moustache.

100

— C'est-à-dire ? avait demandé Violaine.

— C'est-à-dire..., avait repris posément Charles, qu'il est très désagréable de voir une maison concurrente occuper les listes des meilleures ventes avec un roman dont on s'aperçoit que nous aussi l'avions reçu sous forme de manuscrit...

— ... Et vous n'aviez pas signé l'auteur parce que vous ne trouviez pas son texte assez intéressant.

— Vous comprenez vite. C'est bien. Ça s'est produit un peu trop souvent ici ces derniers temps, avait-il observé dans une moue. Il y a une sorte de radar à mettre en place, un radar qui oscille entre la qualité littéraire et le potentiel commercial. Le réglage n'est pas évident, je vous l'accorde. Vous venez de la librairie, peut-être voyez-vous plus clairement que d'autres ce que je veux dire.

— Je vois très bien.

— Alors dans ce cas, avait-il dit avec douceur, Bernard a eu raison de vous envoyer vers moi. Puis il avait plongé ses yeux dans ceux de Violaine :

— C'est en allant à la pêche qu'on ramène des perles, avait-il énoncé dans un sourire. Puis il y avait eu un silence entre eux avant que Charles n'enchaînât :

— Je vais être franc : qu'est-ce qu'une aussi jolie fille que vous peut trouver à Bernard Ballier ?

Violaine avait fait mine de chercher la réponse au plafond avant de reposer ses yeux sur Charles :

— Il pouvait m'emmener à Paris. Et il a de l'argent.

— Voilà qui est honnête, j'aime ça ! s'était exclamé Charles. Et vous avez couché avec lui juste pour ces raisons ?

— Oui, avait répondu Violaine avec placidité. Si vous voulez, je peux coucher avec vous aussi.

Charles avait écarquillé les yeux avant de partir dans un grand éclat de rire : — Je sens que je vais beaucoup vous aimer, mademoiselle Lepage. Mais pas physiquement, s'était-il repris. Je vais vous faire une confidence, qui d'ailleurs n'en est pas une. Il s'était penché vers elle et lui avait chuchoté à l'oreille : — J'aime les garçons.

— Dommage, vous êtes autrement plus beau que Bernard.

— Merci, mon chou…, avait répondu Charles, flatté, tout en remettant sa mèche en place.

Le code de notation du service des manuscrits était vite devenu le quotidien de Violaine : de nombreux carrés, quelques lunes et un soleil qui allait s'avérer très lumineux lors de sa sortie et ferait le bonheur de Charles en même temps que celui des comptes de la maison d'édition. Son arrivée au service des manuscrits n'avait suscité aucune animosité chez les lecteurs et lectrices de l'époque. Violaine vivait dans un studio qui appartenait à Bernard Ballier et dans lequel il allait officiellement de temps à autre pour écrire, loin de sa femme et de ses enfants. Depuis l'arrivée de Violaine à Paris, son besoin de quiétude pour travailler s'était fait beaucoup plus fréquent. Au bout d'une année, les relations entre Ballier et Violaine se détériorèrent. Il lui reprochait de vivre à ses crochets et de lui réclamer constamment de l'argent, et elle de l'avoir cloîtrée pour son bon plaisir. Ballier finit par rompre et lui donna deux mois pour quitter les lieux.

— Je ne vais pas rester au service des manuscrits ni à Paris. Je dois retourner à Rouen, avait-elle annoncé à Charles un matin.

— C'est hors de question, fut la réponse, imperturbable, mais ferme, de Charles. Tu as perdu ton protecteur ? avait-il ajouté en lissant sa moustache.

— On va dire ça comme ça, avait éludé Violaine. Cette ville est trop chère, je n'ai pas les moyens de vivre ici, Charles. Il faut que je me trouve un travail…

— Tu en as un ici, l'avait-il coupée.

— Je ne peux pas vivre de ça, vous le savez très bien, et encore moins payer un loyer.

— Tu vas venir habiter chez moi, avait tranché Charles. Et il s'était replongé dans l'écriture d'une lettre.

— Pardon ?

— Deux cent cinquante mètres carrés, avait-il énoncé sans lever la tête, duplex, vue sur la Seine et l'Institut. Ça te convient ? Je vis seul, c'est trop grand. Je t'en laisse le quart. Prends ton après-midi, on va aller chez le coiffeur, je pense qu'un carré aux épaules t'irait très bien.

Violaine l'avait regardé sans pouvoir prononcer un mot. Plus que ces mots qui ne souffraient pas la contradiction, c'était le calme avec lequel il les avait prononcés qui la sidérait. Comme si Charles s'était préparé à cette conversation depuis longtemps, comme s'il avait prévu tout ce qui allait suivre. Il avait achevé sa lettre par sa signature chantournée qui avait fait faire à sa main droite quelques allers et retours gracieux sur le papier. Puis, il avait levé les yeux vers elle : — Le temps est venu de faire quelque chose de toi, Violaine.

Charles s'était choisi une fille comme il choisissait ses auteurs. Comme il en débauchait d'autres dans les maisons d'édition concurrentes. Souvent cela fonctionnait, parfois c'était l'échec : l'auteur ne voulait pas quitter sa maison et son éditrice attitrée, le carnet de chèques de Charles, les promesses d'une place de choix dans le catalogue et d'une promotion au cordeau ne suffisaient pas. À la fin du déjeuner, tout le monde se serrait la main, restait en bons termes et promettait de se revoir un de ces jours. Ceux qui avaient ainsi refusé de rejoindre sa maison d'édition lui disaient parfois « oui » quelques années après. L'agenda est flexible, tout est possible un jour. Charles excellait dans cet art feutré de laisser entrouvertes toutes les portes pour que le vent du destin s'y engouffre.

Dans une autre vie, Charles avait été marié et avait eu une fille, Charlotte. Cette vie-là avait pris fin longtemps auparavant. À la mort de son père, seul héritier

de la maison d'édition, Charles avait profité de ce
nouveau statut pour mettre de l'ordre dans sa vie, à
commencer par avouer qu'il aimait les hommes. Le
divorce fut prononcé et, malgré la pension alimen-
taire plus que confortable qu'il versait chaque mois,
sa femme refusa de le revoir et mit tout en œuvre
pour l'éloigner de sa fille. Elle réussit au-delà de ses
espérances puisque Charlotte s'éloigna à son tour de
sa mère à l'adolescence pour mener une vie margi-
nale, loin de ses parents, loin de la France. Elle
voyageait sac à dos de Bali au Vietnam en passant
par l'Amérique latine, vivait de fêtes, de rencontres
de hasard dans des squats à ciel ouvert, sous des lati-
tudes éloignées ; consommait des drogues diverses
quand elle ne dansait pas jusqu'au petit jour sur les
rythmes électros des rave-parties. Elle ne revenait
qu'une ou deux fois par an à Paris le temps d'un
déjeuner avec ses parents – chacun leur tour –, prin-
cipalement pour leur réclamer de l'argent dont les
deux avaient renoncé à s'enquérir de l'usage qu'elle
allait en faire. Cette existence finit par avoir raison
de son corps qu'on retrouva un matin, inanimé, sur
une plage du bout du monde entre des cannettes de
bière et des seringues usagées.

« Un échec », c'était ainsi que Charles résumait brièvement et avec le flegme qui le caractérisait la trajectoire de sa fille. Lorsqu'elle avait posé sa valise dans
l'entrée de l'appartement, Violaine ne se doutait pas
que ce serait pour toujours.

Du mi-temps de sa librairie de Rouen, elle était passée au cœur du milieu de l'édition. Dans l'appartement de Charles, elle vivait même au centre de la pompe qui alimente le flux littéraire. Sans même se concerter, tous deux mirent en place avec une déconcertante facilité leur mode de vie dans l'appartement. Violaine occupait une moitié du premier niveau, Charles l'autre et se réservait en plus l'usage de l'escalier qui menait au niveau supérieur et à la terrasse.

Aucun ne percerait jamais le mystère de l'autre. Cette propension à respecter leurs jardins secrets et les fantômes de leur passé pour ne vivre que dans un agréable présent souda leur singulière alliance. Jamais Violaine n'évoquait la Normandie, jamais elle ne s'y rendait et Charles ne lui posait aucune question. De son côté, il ne faisait jamais allusion à sa fille ou sa femme, n'avait mentionné qu'à de rares occasions « Hervé » dont le portrait Harcourt trônait sur la cheminée et qui demeurait l'amour de sa vie. L'amour en question avait choisi de mettre fin à ses jours dix ans plus tôt. Charles menait depuis une existence des plus solitaires, que venaient distraire quelques escort boys cinq ou six fois l'an.

Huit années allaient s'écouler ainsi, entre solitude et mondanités littéraires. — Tu couches avec qui tu veux, mais ne ramène pas d'écrivains de la maison d'édition ici. Ici, c'est chez nous, avait prévenu Charles. Si Violaine eut des amants et même des histoires qui duraient un peu plus que les autres, elle respecta le pacte. Même si certains se donnaient beaucoup de mal pour la séduire, aucun auteur de la maison ne put se prévaloir, durant ces années-là, de connaître Violaine dans l'intimité.

Le milieu littéraire regarda d'abord avec une curiosité mêlée de sidération cet improbable couple. Les plus anciens se gaussaient de la conquête de Charles avec force allusions à ses penchants, les nouveaux n'y comprenaient rien et prenaient Violaine tantôt pour sa fille, sa femme, sa maîtresse, sa nièce ou encore une stagiaire.

La quatrième année, lorsque Violaine découvrit son cinquième soleil dans le service des manuscrits, Charles lui déclara : — Tu vas le publier. Tu vas devenir éditrice, maintenant tu es prête. Viens, on va fêter ça à La Coupole.

Il avait coutume de comparer le monde littéraire à un gros aquarium. Similaire à celui qu'il possédait

dans son bureau à l'étage supérieur de l'appartement : un bloc de trois mètres de long sur un mètre
cinquante de haut dans lequel évoluaient comme
en apesanteur une bonne soixantaine de poissons.
Certains soirs, après le dîner, Violaine et lui prenaient une chartreuse verte devant le spectacle
silencieux de créatures qui se déplaçaient au ralenti.
— Regarde-les bien : ils ne nagent pas tous à la
même hauteur. Tous dans le même élément, mais
pas au même niveau. De fait, certaines espèces se
déplaçaient sur une ligne horizontale, à une certaine
hauteur de l'aquarium, et ne rencontraient jamais
celles qui nageaient vingt centimètres au-dessus ou au-
dessous d'elles. — Ce sont nos auteurs, commentait
Charles : ils nagent en fonction de leurs chiffres de
ventes et de leur notoriété – chacun à son niveau.
Il lui arrivait même d'attribuer à certains poissons
les noms des écrivains de la maison. D'autres, plus
petits, à l'image des poissons néons aux reflets bleus
et au ventre rouge, se mouvaient en banc, tour-
noyaient en nuages, de gauche à droite, de haut en
bas, dans de savantes chorégraphies qu'ils paraissaient mettre au point par télépathie. — Ce sont
les postulants au service des manuscrits, soutenait
Charles dans un sourire. — Tous semblables et
pourtant un seul d'entre eux sort du lot. Mais qui
est-il ou qui est-elle ? Tout l'art est de le repérer
dans la foule. N'est-ce pas, Violaine ? Et Violaine
acquiesçait. Dans les herbes de mer et autres plantes
d'eau, des espèces se cachaient parfois de longues
heures, voire des jours entiers. — Ils écrivent. Ils

se retirent du monde pour travailler, ils ne sont plus joignables – comme nos auteurs, affirmait-elle. Et Charles était ravi que Violaine entre à son tour dans son jeu.

Objets de toutes les attentions, les poissons merveilleux vivaient en silencieux égoïstes. Chacun dans son espace, chacun dans son rôle, ils ne communiquaient que très rarement avec leurs congénères et se contentaient de tracer chaque jour derrière la vitre épaisse des milliers de trajectoires, droites ou courbes. Tous semblaient avoir un emploi du temps si bien rempli qu'une journée entière ne suffisait pas à en venir à bout. Parfois certains disparaissaient mystérieusement. Malades ou imprudents, ils s'étaient fait dévorer par d'autres durant la nuit. Deux ou trois fois par an, Charles se rendait dans un magasin spécialisé afin de se procurer une espèce dont les spécimens n'étaient plus représentés dans l'aquarium – voire une nouvelle dont il avait entendu parler et qu'il n'avait jamais possédée. Il revenait avec un sac transparent gonflé d'eau et d'air et procédait au lâcher des nouveaux poissons, fasciné par leurs premiers frétillements et plus encore par leur faculté à s'adapter à leur nouvelle demeure.

À présent, l'aquarium était vide. Violaine l'avait rempli de coquillages rapportés de voyages ou achetés dans des brocantes et dont les reflets nacrés chatoyaient sous les néons. Lorsqu'elle le fixait assez longtemps, il lui arrivait de le voir à nouveau en eau, rempli de poissons qui s'y déplaçaient en tous sens et à des vitesses variables. Elle s'entendait aussi dire à Charles : — Et moi ? Je suis où dans l'aquarium ? Il répondait toujours : — Tu le sauras bien assez tôt.

Silencieux comme les poissons de Charles mais tout aussi voraces, les autres éditeurs de la maison d'édition accueillirent avec attention la nomination de Violaine au poste d'éditrice. Les bienveillants y virent le renouvellement des générations, les plus circonspects guettèrent le faux pas. Il ne vint pas. Si elle était heureuse d'avoir désormais un bureau – certes modeste et sans fenêtres – Violaine ne pouvait s'empêcher de regretter l'équipe du service des manuscrits, et plus encore ces heures flottantes à lire et à chercher dans les premières pages d'un texte à peine sorti de son enveloppe le style, le talent et la magie d'un auteur dont on découvre l'existence. Après avoir publié deux romans dont le succès d'estime conforta le début de sa carrière d'éditrice, elle reçut des manuscrits qui lui étaient personnellement adressés. La plupart, hélas, ne méritaient qu'un carré, les lunes étaient rares et, si le soleil ne brillait pas dans ses notations littéraires, il restait accroché haut dans le ciel de ce début d'été.

Le jeudi, l'un des rituels de Violaine consistait à achever sa pause déjeuner par une promenade solitaire dans le jardin du Luxembourg ; promenade qu'elle terminait par un détour vers les courts de tennis où Charles disputait ses deux parties hebdomadaires avec son professeur ou un invité qui savait manier la raquette au même niveau que lui. Elle s'approchait des grilles et lui faisait un petit signe de la main. Charles répondait toujours par un haussement de sourcils, comme étonné de la voir là, qu'il accompagnait aussitôt d'un ample mouvement de raquette semblant la convier avec cérémonie à le regarder jouer les prochaines balles. Il était toujours impeccablement vêtu de blanc et de bleu clair, avec un bandeau en éponge mousse qui retenait sa mèche. Ce jour-là, Violaine fit comme à l'accoutumée son petit signe à travers le grillage, Charles feignit une énième fois la surprise de la découvrir là, il fit son large mouvement de raquette et se replaça en fond de court. Service. Coup droit, revers, coup droit. Point. — Bravo ! lui cria Violaine en battant des mains. Charles sourit et se replaça. Service. Coup droit, coup droit, revers, montée au filet, d'un geste sec et précis il stoppa la balle de son adversaire pour l'envoyer à la volée et en oblique sur la ligne blanche. Point. Charles se replaça en fond de court pour la balle de match sur service. Il la fit rebondir sur le sol à plusieurs reprises puis la lança en l'air tout en s'étirant en arrière, fit pivoter sa raquette derrière son dos avec souplesse pour la frapper avec force. Il s'arrêta net dans son mouvement, la balle jaune sembla suspendue comme un second soleil dans le bleu du ciel, et Charles s'écroula.

Les pompiers tentèrent désespérément de le ranimer. Agenouillée à ses côtés, Violaine, livide, regardait les manettes électriques du défibrillateur secouer sous la charge le poitrail de l'éditeur inconscient. En vain. — On le perd, bordel ! avait soufflé un des pompiers qui contrôlait son pouls. — Merde, Manu, augmente la charge ! avait lancé un autre. — Putain, J.P., tu crois que je fais quoi, là ?! Violaine s'était éloignée de quelques pas pour s'asseoir en tailleur sur la ligne blanche du court. Là où Charles avait envoyé la dernière balle qui lui avait fait marquer un point. Elle avait approché ses doigts de la peinture au sol. Puis s'était recroquevillée, la tête dans les genoux, et avait fermé les yeux. Les phrases échangées par les pompiers lui parvenaient de loin, comme si le vent de l'été les éloignait à l'autre bout du jardin. — Les mecs, qui c'est qui va parler à sa fille ? — Karim ? — C'est toujours moi… — Ouais, mais toi, tu sais parler. À l'affolement avait succédé le silence qui signifiait que c'était fini. Violaine avait perçu une présence à ses côtés, des chaussures épaisses, puis un corps qui s'agenouillait près d'elle. Elle avait entrouvert les yeux et aperçu le visage sombre d'un garçon brun à l'air doux et aux cheveux courts, plus jeune encore qu'elle. Il avait posé sa main sur la sienne.

— Tu sais pourquoi je viens… Je suis désolé, on n'est pas arrivé à ramener ton père. On a tout fait, mais on n'y est pas arrivé. Il est parti… mais il n'a pas souffert. Il est tombé d'un coup. C'est super-dur, je sais. C'est une putain de journée de merde.

Violaine avait hoché la tête. — Oui, c'est une putain de journée de merde, comme tu dis. Le pom-

3

pier était resté près d'elle plusieurs minutes sans dire un mot, puis il s'était raclé la gorge : — Il faut appeler quelqu'un. On ne peut pas rester ici...

Violaine avait sorti son Nokia et validé le numéro de Thérèse, la secrétaire de Charles.

— Violaine ! s'était-elle exclamée sur un ton enjoué, on cherche Charles partout, tu es avec lui ?

— Thérèse..., avait commencé Violaine d'une voix blanche, avant de fondre en larmes.

— Oh, mon Dieu..., avait murmuré Thérèse. Où es-tu ?

Liblivre, le partenaire de Charles, forma un conseil d'administration extraordinaire afin de définir la stratégie à adopter à courte échéance après la disparition brutale de son emblématique patron. Un président par intérim fut nommé et le testament ouvert. Charles mandait le patron de Liblivre pour prendre les commandes de sa maison. Il ajoutait que les deux directeurs littéraires et éditeurs en chef devaient demeurer aux commandes. On découvrit une nouvelle clause, datée d'une année : à son décès, Violaine Lepage deviendrait l'éditrice numéro trois de la maison et prendrait le contrôle du service des manuscrits sous le titre de « directrice du service des manuscrits », poste qui n'avait jamais existé depuis la fondation de la maison et qui serait créé à son intention.

L'annonce de la clause devant tout le personnel réuni créa un choc. Rassurant pour certains, car « un peu » de Charles survivait à travers Violaine, plus que désagréable pour d'autres, car la « Dauphine », ainsi qu'on la surnommait, installait définitivement son pouvoir en contrôlant désormais une des pièces maîtresses de la maison d'édition : le service des manuscrits. Lorsque sa nomination fut actée par un vote du conseil d'administration à la majorité, Violaine s'isola dans une pièce, ferma la porte et sortit de sa poche le portable de Charles pour faire défiler son répertoire sur l'écran jusqu'à la lettre « M ». Elle l'avait récupéré lors du transfert du corps à la morgue, laissant à sa famille tous ses effets personnels sauf son téléphone.

Une des excentricités de Charles consistait à enregistrer dans son répertoire des noms et prénoms d'auteurs morts depuis longtemps et de leur attribuer un numéro qu'il inventait au gré des chiffres de son clavier. On trouvait ainsi dans sa liste impressionnante de contacts, contenant la totalité de l'édition française et le quart de celle du monde, des noms tels que Guy de Maupassant : 06 78 65 45…, Gustave Flaubert : 06 56 33…, Charles Baudelaire, André Breton, Emily Brontë, Louis-Ferdinand Céline, Scott Fitzgerald, Victor Hugo, Joris-Karl Huysmans, Lautréamont, Pierre Loti, Anaïs Nin, Georges Perec, Marcel Proust, George Sand, Georges Simenon, Stendhal, Virginia Woolf…

Dans des moments d'intense désœuvrement ou de spleen, il validait un nom et s'affichait alors sur l'écran « *Appel vers : Guy de Maupassant* ». La sonnerie retentissait plusieurs fois et une voix répondait :
— Allô ? — Guy, c'est toi ? demandait Charles.

— Vous faites erreur, répliquait la voix, désolé.
— Pardonnez-moi – et Charles raccrochait. Mais ces quelques secondes avec le nom de l'écrivain affiché sur l'écran accompagné de son numéro de portable l'avaient empli d'une joie quasi hystérique. Sitôt qu'il avait raccroché, il entrait un nouveau numéro aléatoire pour rappeler un jour un « autre Maupassant ». Après plusieurs années de vie en commun, Charles avait confié à Violaine cette bizarrerie, qui l'avait enthousiasmée. Plusieurs fois l'an, tous deux jouaient ainsi à ce qu'ils appelaient la « liste des amis ». Alors qu'ils dînaient ou se trouvaient seuls dans un taxi, Charles se tournait soudain vers elle : — Et si on appelait un ami ? disait-il. — D'accord, répondait Violaine. — Choisis, lui intimait Charles. — Appelons Rimbaud, proposait-elle. Charles faisait défiler sa liste pour y trouver le nom du poète et valider son 06. Il avait dans ces moments le regard brillant des enfants qui font des choses interdites par leurs parents, le savent et s'en délectent. Violaine se serrait contre lui pour entendre à travers le combiné le malheureux ou la malheureuse que l'on dérangeait. La conversation tournait toujours court, ou bien il laissait un long message et, bien sûr, on ne le rappelait jamais.

En cette journée sombre qui marquait l'avènement de son emprise sur la maison d'édition, mais aussi la fin de l'ère de Charles, Violaine eut envie d'appeler un « ami » pour se confier à lui. Elle valida le nom de l'auteur d'*À la recherche du temps perdu* et s'afficha aussitôt sur l'écran : « *Appel vers*

Marcel Proust ». Il y eut plusieurs sonneries, puis un — Allô ?

— Marcel ? demanda Violaine.

— C'est moi, lui répondit une voix douce.

Violaine avait coupé brusquement. Quelques jours plus tard, elle fut convoquée par l'avocat de Charles pour se rendre chez son notaire. Dans un bureau du 6ᵉ arrondissement dont les fenêtres donnaient – par une ironie bien involontaire du sort – sur les courts de tennis du Luxembourg, elle apprit qu'elle était l'héritière de Charles. Son appartement et sa fortune, selon ses dernières dispositions écrites de sa main deux ans plus tôt, lui revenaient. Son ex-femme intenta un procès qui n'aboutit pas et un arrangement fut trouvé avec un des frères de Charles. Sans lien familial avec lui, Violaine dut payer une somme considérable sur l'héritage mais, à tout juste trente ans, elle était à l'abri du besoin pour le restant de ses jours et l'appartement où elle avait posé sa valise huit ans auparavant était désormais le sien.

Quelques mois plus tard, elle décidait de changer les étagères du service des manuscrits et Édouard lui serrait la main en prononçant d'une voix blanche : — Je ne vous imaginais pas du tout comme ça.

Sophie Tanche respira profondément. Au même moment, l'un des techniciens de la police scientifique tourna enfin la clef du véhicule : le bruit du moteur cessa et les phares s'éteignirent. Depuis qu'elle était arrivée sur place à 5 heures du matin, le ronronnement résonnait sans fin et les gaz d'échappement emplissaient l'air. Combien de litres d'essence avait consommé la Renault depuis que le moteur était allumé ? Peut-être bien un plein entier, estima Sophie, pour aussitôt songer qu'il était grand temps de refaire celui de sa propre voiture et aussi de changer l'essuie-glace droit qui couinait d'une manière insupportable. Elle chassa de son esprit ces réflexions pour se concentrer sur ce qu'elle avait sous les yeux : le chemin de terre, l'entrée de la forêt, la voiture, le corps.

Les hommes et les femmes de la PTS (police technique et scientifique) se déplaçaient avec leurs combinaisons blanches à cagoule et leurs masques semblables à ceux des chirurgiens comme si émanaient des lieux des radiations nucléaires dont il fallait se protéger. La lieutenante l'avait constaté à de nombreuses reprises, sur les scènes de crime, le cerveau est en alerte maximum et pourtant, à de brefs instants, il se focalise sur des détails insignifiants pour vous amener vers des pensées à mille lieues de l'action présente, souvent très prosaïques – cette fois c'était le plein de sa voiture et l'essuie-glace.

— Merci ! cria Sophie et le technicien en blanc dont elle ne distinguait que les yeux au-dessus de son masque tendit le pouce pour signifier que lui aussi trouvait que ça allait mieux sans ce foutu bruit de moteur. Une jeune femme elle aussi vêtue de blanc se déplaçait lentement avec une caméra numérique pour filmer la scène. Elle tournait autour du corps, avançant un pied devant l'autre avec d'infinies précautions pour ne pas faire trembler l'objectif. Sophie ne se souvenait plus de son prénom : Valérie ou Virginie ou Nathalie – elle était en charge des images sur les scènes de crime tandis que ses collègues procédaient aux prélèvements. Elle produisait toujours de très belles images, lentes, précises – horrifiantes. On racontait qu'elle en gardait des copies et faisait des montages qu'elle sonorisait avec des musiques hypnotiques comme l'*Adagio pour cordes* de Barber ou le thème principal de *Mulholland Drive* composé par Angelo Badalamenti pour le film de David Lynch.

Son portable avait sonné à 4 h 40 du matin et sorti Sophie d'un rêve désagréable qu'elle oublia aussitôt.

— Ça recommence, avait sobrement annoncé la voix du divisionnaire Malier.

— C'est le taxi ? avait demandé Sophie en se redressant brusquement sur ses oreillers.

— Tout juste. Dites donc, votre théorie du bouquin en lice pour le prix machin, il va falloir me serrer l'auteur, parce que moi je ne ris plus et je vais avoir des comptes à rendre, Sophie. Je suis à deux mois de la retraite, j'ai trente-huit ans de maison, je ne vais pas me faire lourder pour incompétence dans les soixante derniers jours. Compris ?

— Compris, monsieur.

— Alain est en route, il passe vous chercher.

Huit jours s'étaient écoulés depuis qu'elle avait demandé les coordonnées de Camille Désencres à Violaine ; celle-ci avait longuement contemplé le parquet ciré de son bureau avant de relever la tête vers elle.

— Je ne les ai pas. Je ne sais pas qui c'est, avait-elle lâché.

— Vous vous moquez de moi ?

— Non, je n'ai qu'une adresse mail. Et Camille Désencres ne répond plus.

— Vous n'avez aucune idée de l'identité de l'auteur de *Fleurs de sucre* ?

— Non. Le contrat a été signé par retour de courrier. Je ne l'ai jamais rencontré. Et si le livre venait à avoir le prix Goncourt, je ne pourrais pas aller le chercher sans auteur. Et ce serait la fin de ma carrière, lieutenante.

— Madame Lepage, je ne vous parle pas d'un prix littéraire, mais d'une affaire criminelle.

— Je ne peux pas vous aider, je ne peux déjà pas m'aider moi-même... fut la seule réponse de Violaine.

Sophie avait rapidement brossé ses cheveux courts et enfilé ses vêtements sans même passer par la salle de bains. Dans la cuisine, elle s'était fait chauffer un café. Tout était trop grand dans cette maison : la cuisine, le salon, la chambre, le lit. C'était une maison pour deux, et même davantage. Ça n'avait plus aucun sens de vivre ici, et pourtant Sophie ne pouvait se résoudre à vendre le pavillon.

Sur la route, Alain Massard, son binôme du SRPJ, lui avait fait un topo sur la découverte du corps : un garçon de 18 ans qui conduisait la voiture de son père avait amené sur les lieux, vers les 4 heures du matin, une fille rencontrée à une soirée.

— Je suppose qu'il voulait la sauter dans la bagnole.

— J'avais compris, merci, avait rétorqué Sophie.

— Bref, avait repris Alain, ils arrivent et là, ils tombent sur cette bagnole avec les phares allumés et la silhouette agenouillée devant. Ils n'ont pas fait demi-tour, le garçon est sorti et s'est approché, puis il a composé le 17.

— Il n'a pas plus flippé que ça ?

— Non, tu sais, aujourd'hui, ils sont abreuvés aux séries criminelles sur le Net. C'est pain bénit pour son plan cul : il n'a pas sauté la fille, OK, mais bon, il pensait juste tirer un coup et là, il devient carrément un héros aux yeux de la meuf.

Sophie avait haussé les sourcils dans une moue accablée.

— Je suis sérieux, Sophie, s'ils avaient pu faire un selfie devant le corps, je te jure qu'ils l'auraient posté sur Instagram.

— Arrête, Alain, s'il te plaît ! l'avait coupé Sophie. Je ne veux pas de ce monde-là.

— J'arrête… commissaire Maigret. À ce propos, avait-il repris, j'ai relu des Simenon ce week-end. Ça a pris un sacré coup de vieux. Ça ne tient plus du tout la route. Avec l'ADN et les téléphones portables, toutes les enquêtes seraient résolues à la page 40. Sophie avait gardé le silence. Et ton roman, là, tes *Fleurs de sucre* et son éditrice, tu y crois encore ?

— Oui, avait-elle seulement répondu.

Sophie plongea la main dans la poche de son Perfecto pour saisir son paquet de Marlboro rouge et allumer son briquet. La première bouffée fit un aller-retour dans ses poumons et elle eut l'impression que son sang circulait d'un coup plus vite dans ses veines. Le tabac était vraiment une des plus grandes saloperies de la Terre et, dans une seconde de désespoir, elle se dit que jamais elle ne pourrait se passer de ses cigarettes. — Lieutenante ! l'apostropha un des hommes en combinaison blanche. Sophie leva la main en signe d'excuse et recula ; la cigarette allumée à proximité d'une scène de crime, les PTS détestaient

ça à cause des microparticules qui se déplacent et
du mégot éventuel que le policier peut laisser sur
place. Sophie s'éloigna encore un peu plus et finit
par s'asseoir sur un tronc d'arbre pour sortir de sa
sacoche *Les Fleurs de sucre*. Elle l'ouvrit à la page
qu'elle avait marquée d'un Post-it rose sur lequel elle
avait inscrit un « 3 » et tira sur sa cigarette.

Dans la nuit, à l'heure où la forêt vit sans les
hommes, à l'heure où seuls les animaux – les familiers
comme les sauvages – sont maîtres des territoires, les
proies comme les prédateurs jouent leur partie. On
compte les perdants dans le sang séché du matin. Ce
soir, il y aura un perdant dans la forêt. Dans les phares
de la voiture, il y aura un homme à genoux, un trou
dans le front. Autour de lui, flotteront les âmes des
hérissons, des couleuvres et des chats qu'il aura écrasés
sur les routes. Il sera le hérisson, la couleuvre et le
chat. Il saura très bien pourquoi il est là.

Sophie ferma les yeux pour les rouvrir sur la scène
de crime : le taxi était arrêté à l'orée de la forêt, à
quatre mètres devant les phares, l'homme chauve
d'une cinquantaine d'années vêtu d'un jean noir et
d'une chemise kaki était à genoux, statufié par la
raideur cadavérique, la tête penchée en avant, un
trou sombre entre les deux yeux. La trajectoire de
la balle avait dû détruire le pharynx ou la glotte car
deux filets de sang séché avaient coulé aux commis-
sures des lèvres. Marc Fournier, le chauffeur de taxi,
fils de l'ancien maire de Bourqueville, avait achevé

sa dernière course la veille au soir. Sophie éteignit sa cigarette dans le petit pot de confiture qui lui servait de cendrier de poche. Elle se leva et fit quelques pas pour revenir vers le corps. Le visage avait une expression presque résignée, bien éloignée de celle, horrifiée, de ses deux amis un an plus tôt : Sébastien Balard et Damien Perchaude. Un chauffeur de taxi indépendant. Un homme sans histoire divorcé et sans enfants qui selon ses dires ne s'intéressait qu'à la chasse et aux voitures. Il était membre d'un petit club de tuning qui rassemblait une dizaine de fanas des chromes et des soupapes. Elle était allée le voir un an plus tôt, après le double meurtre. Il était sonné et ne cessait de dodeliner de la tête en murmurant : — C'est pas possible – c'en était presque agaçant. Marc Fournier n'était pas un cerveau, mais il s'était muré dans une sorte de déni abruti et la lieutenante n'avait rien pu tirer de leur entrevue. Non, il n'avait aucune idée de ce qui pouvait être à l'origine du meurtre de ses deux camarades. Elle se souvenait qu'à sa dernière question — Vous sentez-vous menacé, monsieur Fournier ? – il avait levé des yeux ahuris puis avait articulé : — Moi ? Mais par qui ?

Sophie contempla le regard vitreux et fixe du cadavre. Il semblait observer un brin d'herbe qui ployait sous le poids d'une coccinelle, elle approcha le doigt et l'insecte bombé monta prudemment. Sophie compta trois points noirs sur ses élytres orange et la coccinelle s'envola.

Alain, son collègue du SRPJ, s'accroupit à côté d'elle. Il soupira avant de pointer du doigt la tête de Fournier.

— Dire que tout est là-dedans : le film du meurtre, la bande-son, le mobile, l'assassin, tout. Et on ne peut pas y accéder.

— Oui, murmura Sophie, c'est pour ça qu'on a inventé les flics. Alors, même arme, je suppose ?

— Tout juste, la balle est ressortie par la nuque jusqu'au-dessus du col de chemise. Luger P08, toujours aussi intraçable. Tout comme le téléphone.

— Vas-y, soupira Sophie.

— Le numéro qui l'a appelé pour commander la course provient d'un sous-marin.

Sophie hocha la tête. Le « sous-marin » désigne un téléphone portable bas de gamme qui se recharge pour une poignée d'euros avec des séries de chiffres sur cartes jetables que l'on achète dans les bureaux de tabac ou sur l'Internet. Les dealers utilisent régulièrement ces appareils et s'en débarrassent dans des poubelles publiques. Des semaines de recherches n'aboutissent au mieux qu'à un revendeur de téléphonie qui n'a aucun souvenir d'une transaction qui remonte parfois à plusieurs mois, et qui plus est systématiquement effectuée en espèces.

— ADN ? demanda Sophie.

— Les PTS sont dessus. Dans un taxi, les ADN, je te laisse imaginer. Des dizaines au moins. Un cheveu, un poil, un ongle, ça va être un vrai zoo.

— Il n'y aura pas d'ADN, affirma Sophie, du moins rien qui puisse nous servir, il n'y a déjà pas de téléphone portable. Il n'y aura rien, conclut-elle en se relevant. Tu vois, Alain, Simenon tient toujours la route et le roman ne s'arrête pas à la page 40.

— Touché, concéda Alain dans un sourire. On cherche quoi, au juste ? reprit-il.

— On cherche… Camille Désencres. Sophie sortit une nouvelle cigarette de son paquet et alluma son briquet. Un homme, une femme, un écrivain, un meurtrier, une tueuse. Je ne sais pas ce que c'est, mais tout vient d'un endroit bizarre : une pièce de trente mètres carrés où des gens sont payés pour lire des livres qui n'existent pas encore.

— C'est quoi, ce truc ?

Sophie exhala une bouffée de fumée bleue.

— Le service des manuscrits.

Le soleil filtrait à travers les branches des arbres et parsemait le sol sec du jardin du Luxembourg de taches lumineuses qui se mouvaient au rythme du vent. Violaine aimait ces premiers jours de novembre, lorsque le froid de l'hiver à venir commence à tomber sur Paris – le ciel de la ville reste parfois encore bleu à cette saison tandis que celui des éditeurs s'emplit de nuages, de bourrasques et parfois même d'éclairs. La saison des prix littéraires dure à peine trois mois, ses variations climatiques sont plus aléatoires qu'une prévision météo à quinze jours et chaque éditeur vivra son propre microclimat : un soleil radieux et des ventes inattendues pour certains, la douche glacée et des chiffres désastreux pour d'autres.

Pour sa maison d'édition, *L'Hiver des lacs* n'avait fait qu'une fugace apparition dans la sélection du prix Renaudot, *Autoportrait du malheur* avait quitté celle du prix de l'Académie française sur la dernière ligne droite, *Un rendez-vous* n'était plus en lice pour le prix Femina. Seul *Les Fleurs de sucre* résistait et se maintenait sur liste du Goncourt. Vers midi, Violaine apprendrait via un coup de fil ou le SMS d'un juré si le roman était retenu parmi les quatre finalistes, c'était aujourd'hui que les jurés et le président Bernard Pivot communiqueraient à l'AFP les romans sélectionnés pour la dernière ligne droite, puis le lauréat ou la lauréate serait connu dans exactement sept jours, lors des votes de délibération finaux au premier étage du restaurant Drouant, comme le voulait la tradition depuis plus d'un siècle. Décrocher le prix Goncourt pour une maison d'édition, un auteur et son éditeur attitré est un enjeu comparable à celui qui dirige une équipe de football, son pays et son entraîneur qui se retrouvent en finale du Mondial. Certes l'Audimat télévisé planétaire en moins – bien que le prix Goncourt soit retransmis en direct, lui aussi, par les caméras du monde. Il suffit de voir l'effervescence journalistique et les paraboles de relais satellites montés devant le célèbre restaurant sur la place Gaillon une heure avant les résultats pour avoir une petite idée de ce qui se passera une heure plus tard à l'intérieur. Avant les résultats, tout n'est qu'attente et pronostics pour les journalistes, critiques littéraires et invités qui se massent au rez-de-chaussée ; une attente qui ressemble à celle du quartier général d'un parti politique un soir d'élection. Puis le secrétaire général descend l'escalier et proclame le nombre de voix et l'attribution. Ensuite c'est à nouveau l'attente : le lauréat ou la lauréate va arriver. Pour éviter les débordements, la cohue des photographes et les hordes de reporters radio et télé brandissant leurs micros, le lauréat, sitôt sorti de la voiture affrétée par sa maison d'édition, est escorté par des officiers de police sur les quarante mètres qui le séparent de l'entrée du restaurant. Tout n'est que bousculade, laissez-passer, accréditations presse, demandes d'interview, champagne et euphorie. Le lauréat ou la lauréate apparaît à la fenêtre du premier étage du restaurant et les photographes restés sur le trottoir le ou la mitraillent. Le combat est terminé.

Violaine n'avait vécu cela que trois fois en vingt ans de maison, et jamais pour un livre dont elle était l'éditrice. Loin de l'ébullition du restaurant, le temps se suspend dans un bureau de la maison d'édition : le PDG, l'éditeur et l'écrivain se regardent en chiens de faïence et attendent qu'un téléphone sonne – ou pas. Le plus prestigieux des prix est aussi l'assurance d'un tirage exceptionnel et des ventes qui vont avec – au moins quatre cent mille exemplaires en moyenne, parfois beaucoup plus. Dès l'annonce du prix, le lauréat peut faire une croix sur son agenda pour l'année à venir ou prendre une année sabbatique s'il travaille : une immense tournée médiatique des librairies, médiathèques, bibliothèques de France s'organisera pour déborder ensuite sur l'Europe et l'étranger dès que les traductions seront prêtes.

Le Goncourt s'achète, se lit, s'offre dans les dîners en ville et les réunions familiales jusqu'aux fêtes de fin d'année. Bref, c'est une mine – une alchimie parfaite entre la reconnaissance littéraire et la machine commerciale.

— Tu ne dors pas ? avait murmuré Édouard ce matin-là en se retournant vers sa femme dans le lit. Violaine avait les yeux grands ouverts et la lumière du matin filtrait à travers l'interstice des lourds rideaux en cachemire à motifs rouges et bleus qui dataient du temps de Charles et qu'elle refusait de changer. Un rayon incandescent tombé sur l'arête de son nez soulignait son profil parfait. — Non, avait répondu Violaine. Édouard s'était décalé dans les draps pour s'accouder contre son oreiller. — Tu penses au Goncourt ? C'est la dernière sélection, aujourd'hui, avait-il observé en approchant sa main du profil de Violaine dans la lumière – il avait positionné son index juste au-dessus de son front, à un centimètre de sa peau, et entrepris de dessiner dans l'air la ligne qui descendait jusqu'aux sourcils pour remonter à la pointe du nez puis descendre sur ses lèvres, repartir sur le menton pour en souligner le galbe. — Imagine qu'il soit retenu en dernière sélection, avait dit Violaine sans quitter le plafond des yeux. — Imagine qu'il l'ait, avait répondu Édouard, comment tu fais ? Sans auteur... La main d'Édouard flottait maintenant au-dessus des seins de Violaine qu'il devinait sous le drap. — Je ne sais pas..., avait-elle murmuré. Je préfère ne pas y penser, avait-elle ajouté dans un souffle. Violaine avait tiré sur les draps pour découvrir ses seins et la main d'Édouard s'y était posée en douceur comme un animal familier à cinq pattes, habitué à ce contact si doux. — Caresse-moi, avait chuchoté Violaine. Édouard avait lentement ouvert la main afin de poser son pouce sur le téton du sein droit et son petit doigt sur celui du sein gauche. L'imperceptible mouvement du poignet qu'il opérait avait arraché un soupir à Violaine. — Et cette flic avec ses crimes ?... avait poursuivi Édouard. — Je ne sais pas, avait lâché Violaine après quelques secondes de silence. — Elle est folle, non ? Moi je crois qu'elle est folle, avait-il ajouté en lui caressant les seins pour enfin descendre le long de son ventre. Il avait approché son visage de celui de Violaine pour lui murmurer à l'oreille : — Elle est folle de toi, elle veut juste te rencontrer, ou alors elle veut se faire publier, c'est ça, elle veut se faire publier... — Arrête, Édouard, avait répliqué Violaine avant de plaquer la main de son mari entre ses cuisses. Et le regard vert s'était rouvert sur lui : — Prends-moi, avait ordonné Violaine dans un souffle.

Faire l'amour avec cette jambe appareillée n'était pas commode, mais en définitive moins acrobatique qu'elle ne l'aurait pensé. Que se passe-t-il exactement lorsqu'on fait l'amour ? Quelle part de soi lâche prise, comme chloroformée dans l'abandon, quelle autre part reste en supra-éveil, attentive au souffle, à la peau, au mouvement, et observe, fascinée, le plaisir s'immiscer dans le corps de l'autre ? Les deux parts se rejoignent au moment de la jouissance, qui surgit telle la solution brutale et lumineuse d'une équation que l'on a cherchée

à tâtons, à force de caresses, de baisers, de mor-
sures, de positions et de phrases essoufflées. Il
paraît que l'hormone de l'état amoureux se nomme
la lulibérine. Le cerveau la libère sans prévenir lors
du coup de foudre et c'est grâce à elle que l'être
aimé acquiert toutes les qualités, pour devenir
source de tous les plaisirs et de tous les possibles.
Le biologiste Jean-Didier Vincent s'était penché
sur cet état dans un essai de plus de quatre cents
pages : *Biologie des passions*. Plusieurs années après,
sa femme avait publié une version plus accessible
au grand public : *Comment devient-on amoureux ?*
L'état d'amour produit par la lulibérine, durait,
d'après les scientifiques, quatre-vingt-dix jours. L'année
dernière, Violaine avait lu à Édouard cette conclu-
sion radicale dans un article du *Figaro littéraire*
consacré à l'amour en littérature et qui citait l'essai
de Lucy Vincent. Édouard était plongé dans *AD
Magazine* dont le dossier reproduisait ses travaux
d'aménagements dans le château d'un riche Écossais
et avait levé le nez de sa lecture. — Ah, oui ? Alors
je dois être un cas intéressant pour la médecine,
il faudrait m'étudier, avait-il remarqué sur un ton
distrait. Parce que chez moi, ça dure depuis les
étagères du service des manuscrits.

Violaine choisit une des célèbres chaises métalliques du parc pour s'y installer. Elle s'appuya sur
la canne qu'elle avait achetée le matin même en passant par la rue des antiquaires pour se rendre à son
bureau. Dans la vitrine, l'antiquaire était en train de

disposer divers objets : tabatière de corne ou d'ivoire, œuf de couturière en corozo, coffrets de nacre, clef de fer forgé et pipe en terre, le marchand les avançait ou les reculait d'un centimètre ou les escamotait d'un rapide coup de main. Puis, il avait déposé une très belle canne en buis patiné sertie d'un pommeau d'ivoire et d'argent sur le cartouche duquel on pouvait lire des initiales : « M.P. »

Violaine avait regardé la canne avec attention, évalué sa taille, puis avait poussé la porte de l'antiquaire. Dix minutes plus tard, elle sortait du magasin et remontait la rue en s'appuyant fermement sur la belle canne polie par les ans et se débarrassa de sa canne anglaise en aluminium et plastique gris dans une poubelle publique. Des touristes passaient à contre-jour dans le soleil et de temps à autre stationnaient le temps de faire une photo avec leur Smartphone. Certains se saisissaient d'une ridicule perche téléscopique pour ensuite se grouper et faire un selfie. D'autres silhouettes traversaient le parc plus rapidement – des habitués ou des habitants du quartier. Ceux-là appelaient le jardin du Luxembourg par son surnom : le Luco. Les rayons chauffaient son visage et une douce quiétude l'enveloppait, assez semblable aux minutes qui avaient suivi ses ébats du matin avec Édouard. En tendant l'oreille, au loin, elle pouvait entendre les balles de tennis des courts semblables au tic-tac étouffé d'une horloge. Lorsqu'un homme s'assit dans la chaise métallique à côté d'elle, Violaine tourna la tête vers lui et sourit.

Son regard était toujours aussi doux et bienveillant. Ces cernes sombres sous les yeux, cette moustache impeccablement peignée... Il retira un chapeau de feutre gris pour découvrir des cheveux de jais. Il portait son manteau de loutre. Gantée, sa main droite reposait sur l'accoudoir en métal tandis que la gauche lustrait, en de doux mouvements, les poils luisants du manteau.

— C'est votre canne, soutint Violaine avec douceur.

— C'est bien la mienne, répondit Marcel Proust en hochant la tête.

— Je le savais, murmura Violaine dans un sourire. C'est un des mystères de la littérature, reprit-elle.

— Quoi donc ?

— Votre voix, mais quelle était votre voix... ? Il n'y a aucun enregistrement, rien...

— Le mystère semble avoir trouvé une réponse, non ?

— Oui... et Violaine tendit la main vers lui, Proust retira prestement ses gants de cuir clair et prit celle de Violaine dans les siennes. Comme elles étaient chaudes et douces, ces mains qui avaient écrit chaque jour, à la plume et à l'encre de Chine, cette œuvre cathédrale de plus de deux mille personnages : *À la recherche du temps perdu*. Il avait écrit jusqu'à en perdre une santé déjà défaillante – jusqu'à en mourir. Si son corps l'avait lâché et si cette fin organique avait mis un terme à sa vie, Proust s'était réincarné dans son livre sitôt l'impression de celui-ci achevée. Par le mystère de l'eucharistie, le corps du Christ s'incarne dans le pain et le vin au moment de la communion avec les fidèles ; Marcel Proust, comme tous les écrivains de génie, avait réussi, et lui plus que tous les autres, cette transmutation qui est l'essence même de la littérature : une âme et un esprit s'incarnant en un rectangle de papier relié qui leur survit. Pour toujours. Violaine ferma les paupières et sentit la moustache puis des lèvres de Marcel sur le bout de ses doigts.

« France info, il est midi, le journal avec Nathalie Andrieu. » Violaine sursauta, son portable qu'elle avait programmé sur les informations venait de se commuter automatiquement sur la radio. Elle tourna la tête vers la chaise voisine et la lumière du soleil lui fit plisser les paupières. La chaise était vide.

« Tout d'abord, en dernière minute, la sélection finale du prix Goncourt vient de tomber, reprit la voix de la journaliste sortant du Smartphone. Les quatre finalistes annoncés par l'Académie Goncourt sont : Pierre Demerrieux pour *Les Volages*, Bruno Tardier pour *Nos enfances vides*, Agnès Maryan pour *Le Château inachevé* et Camille Désencres pour *Les Fleurs de sucre*. »

— Bien sûr, tu sais qui c'est…, Pascal, accompagna ses mots de son sourire froid d'homme d'affaires. Violaine avait été convoquée dans son bureau dans les minutes qui avaient suivi l'annonce de la dernière sélection. Le temps de traverser le jardin du Luxembourg et de remonter à la maison d'édition, elle avait reçu pas moins de trois appels de la lieutenante de police auxquels elle n'avait pas répondu.

Violaine regarda Pascal fixement.

— Bien sûr que je sais qui c'est, lâcha-t-elle dans un souffle.

Pascal poussa un soupir de soulagement.

— Tu me rassures, un moment j'ai vraiment cru à ton histoire d'auteur fantôme. Imagine qu'on décroche le prix, on irait le chercher sans auteur chez Drouant ?!

Sans la quitter des yeux, Pascal mordillait l'extrémité sertie d'une étoile blanche de son stylo bille Montblanc.

— Alors, c'est qui ?

— Pas encore, c'est trop tôt, répliqua Violaine.

— Donne-moi un biscuit, quand même : c'est un homme ou une femme ?

Violaine sembla chercher la réponse dans les rayonnages de la bibliothèque du bureau.

— C'est une femme, lâcha-t-elle.

Vous avez trois nouveaux messages.
Message reçu à 10 h 45 :

« Madame Lepage, c'est la lieutenante Tanche, Sophie Tanche. J'ai un problème... Deux crimes ont été commis il y a un an, je vous ai montré les photos lors de notre rencontre à Paris. Madame Lepage, un nouveau crime vient d'être commis la nuit dernière et il correspond à la page 147 du livre que vous avez publié. Madame, je crois que vous ne comprenez pas très bien que vous êtes au centre d'une affaire criminelle, vous, votre maison d'édition et votre service des manuscrits.

« Vous m'avez expliqué que vous ne connaissiez pas votre auteur et vous m'avez juste donné une adresse mail, je ne vais pas pouvoir me contenter de ça... Je pense que vous me cachez des choses. Je pense que vous savez qui a écrit ce livre. Je viens à Paris, je suis en route. Je vais vous deman-

140

der votre emploi du temps et celui de tous ceux et celles qui gravitent autour de votre service des manuscrits. »

Message reçu à 11 h 37 :

« Cela fait une heure que je vous ai laissé un message. Madame Lepage, lorsque la police laisse un message, ses destinataires rappellent en moyenne dans les dix minutes. »

Message reçu à 12 h 03 :

« J'arrive à Paris, je me rends à votre maison d'édition. Je n'ai aucune nouvelle de vous. Je vais demander à être conduite à votre bureau et je vais vous y attendre le temps qu'il faudra… J'ai entendu en venant que votre roman figurait dans la sélection finale du Goncourt. Je vous félicite. Ne me dites pas que vous ne savez pas qui l'a écrit. »

Inviter l'auteur à déjeuner est l'un des rituels incontournables du monde de l'édition. Un auteur sera invité quatre ou cinq fois l'an. Comme il y a souvent beaucoup d'auteurs dans une même maison, il y a beaucoup de déjeuners. Les éditeurs nourrissent leurs auteurs à la manière de gros chats misanthropes dont ils souhaitent s'attirer les bonnes grâces et les ronronnements. Le but d'un déjeuner littéraire est de maintenir le lien amical avec l'auteur. Mais aussi – et surtout – de savoir s'il travaille, s'il a progressé dans ce manuscrit pour lequel une avance a été versée par virement bancaire. Entre ceux qui écrivent trop et ceux qui n'écrivent pas assez, entre les vaches à encre qui voudraient qu'on les publie deux fois l'an et ceux qui n'écrivent qu'une ligne les bons week-ends, il faut doser les contrats et les avances – et les déjeuners. Certains auteurs envoient régulièrement leurs pages à leur éditeur et veulent un retour de lecture avant de poursuivre, d'autres disparaissent de longs mois sans donner de nouvelles, de temps en temps on s'inquiète. Pascal y est très attentif et a conçu un tableau Excel spécial pour les auteurs : il veut savoir tous les trois mois où ils sont et ce qu'ils font. Le budget du département littérature qui atteint plusieurs millions d'euros de chiffre d'affaires et nécessite un nombre conséquent d'emplois repose uniquement sur l'inspiration et l'imagination de ses auteurs – c'est-à-dire sur des données totalement aléatoires. Données que Pascal avait un jour résumées par une formule interrogative : — Et si tous ces cons-là, un jour, n'avaient plus d'idées de romans ? Qu'est-ce qu'on deviendrait ? Personne n'avait souhaité répondre.

Il y a plusieurs années de cela, l'un des principaux auteurs de la maison n'avait plus donné signe de vie. Il était parti en Inde avec la moitié d'une avance plus que conséquente. Il avait fallu faire appel à un cabinet de détectives privés pour remettre la main sur lui et constater qu'il n'avait strictement rien écrit du livre qui au demeurant n'était pas du tout censé se passer en Inde. Ce passage à vide lui avait inspiré un court roman, *L'Effacé* – l'histoire d'un détective privé qui cherche un écrivain disparu avec son avance. Écrit en trois mois à son retour en France et porté par une critique élogieuse, ce roman s'était hissé aux premières places des listes des meilleures ventes. L'adaptation au cinéma avec Vincent Lindon avait même valu un César à l'acteur. Si l'on regardait froidement les choses, l'auteur avait donc eu bien raison de duper sa maison d'édition et de partir avec son avance à l'autre bout du monde – sans cela il n'aurait jamais écrit *L'Effacé*, qui demeurait aujourd'hui son plus gros succès en librairie. De leur conception à leur impression, les romans ont leur vie propre qui échappe même à leur auteur.

Demander l'air de rien à l'auteur, entre l'entrée et le plat principal, où il en est de l'écriture de son prochain roman, constitue le b.a.-ba. Utiliser des ruses de Sioux pour vérifier, au dessert, s'il connaît vraiment la fin de son histoire en est une variante. On peut aussi le secouer un peu – technique dans laquelle Violaine excellait et qu'elle comptait bien mettre en œuvre avec François Mailfer, un de ses auteurs qui comptait plusieurs succès mais s'était fait trop rare à son goût ces temps derniers. La salle du Rostand avec vue sur les jardins du Luxembourg bruissait de l'habituelle rumeur des brasseries : un mélange de couverts, de conversations et de tintements de verres.

— Tu n'as rien écrit depuis trois ans, attaqua Violaine, tu es resté sur un succès, une adaptation en cours pour une série télé et dix traductions, c'est trop demander, François, d'avoir un autre roman ?…
— J'ai beaucoup de travail avec mes ateliers d'écriture.
— Tu passes ton temps dans tes ateliers d'écriture. Tu me parles de tes élèves chaque fois que

je te vois. Arrête d'aider les autres, François. Si tu veux vraiment aider les autres, va dans une ONG.

François Mailfer posa son kir sur la table et plongea ses yeux dans ceux de Violaine.

— Je suis sérieuse, arrête de te préoccuper de ton prochain. Les écrivains sont des êtres égoïstes qui ne pensent qu'à eux, qu'à leurs livres, qu'à leur œuvre. C'est pour ça qu'ils sont pénibles, mégalos, ingérables, mais au moins ils avancent, c'est leur force, ils tracent leur chemin. Tu as besoin d'affection ? Change de femme, prends un chat ou un chien. Ou un oiseau.

— C'est toi qui me dis ça ? répondit froidement l'auteur.

— Oui, c'est moi.

— Pavé de bœuf aux morilles et ses crosnes au beurre de basilic, annonça le garçon.

— C'est mal d'aider ceux qui veulent écrire ? dit François en servant Violaine en vin.

— Oui, c'est mal.

— Violaine…, souffla-t-il en levant les yeux au ciel.

— Oui, c'est mal, répéta Violaine en attaquant son pavé aux morilles. Tu leur fais croire qu'ils peuvent devenir écrivains, tu les entretiens dans leurs illusions. S'ils sont doués, ils n'ont pas besoin de toi pour y arriver, il n'y pas de génie inconnu, ça n'existe pas. Tu fabriques des malheureux qui ne se remettront jamais de ne pas y être arrivés parce que tu leur a laissé espérer qu'ils en étaient capables. Tu fabriques des aigris, François. Tu es nuisible. Laisse-les tranquilles, tous ces gens, et écris tes livres.

147

Laisse-les bosser et m'envoyer leurs chefs-d'œuvre au service des manuscrits. C'est moi la douane, François, pas toi.

— Merde ! s'exclama-t-il en posant brusquement ses couverts dans son assiette, si bien que deux femmes à la table voisine sursautèrent et se tournèrent vers lui. Des auteurs sont sortis d'ateliers littéraires.

— Très peu..., rétorqua Violaine en croquant une morille, et pas des tiens, en tout cas.

— Tu es très dure, Violaine. Tu as toujours été très dure.

— Oui, mais au fond de toi, parce que tu es intelligent, tu sais que j'ai raison.

François Mailfer ne répondit pas et se concentra sur son bœuf aux morilles.

— C'est bon, non ? demanda Violaine d'un ton léger.

— Je vais changer d'éditeur.

— Tu m'abandonnes ? Tu abandonnes une handicapée ? Quelle honte, t'es vraiment un monstre, François...

— C'est toi, le monstre, comment tu peux me parler comme ça après tout ce qu'on a vécu...

— Justement, on a fait des succès. Et justement, il faut continuer.

— Je ne parle pas de ça, répondit sèchement l'auteur.

— De quoi, alors ?

— De nous. De notre histoire, reprit-il sans la quitter des yeux.

— Quelle histoire ? l'interrogea Violaine d'une voix blanche.

— Quelle histoire ?! fit-il avec ironie en hochant la tête. Une histoire pleine de rendez-vous secrets, de chambres d'hôtel dans les salons du livre en province et même les avions pour les tournées à l'étranger. Regarde, intima-t-il en retroussant nerveusement sa poignée de chemise pour dévoiler une cicatrice : mon avant-bras porte la trace de tes ongles pour la vie. On m'avait prévenu : elle est comme ça, Violaine, elle te séduit, elle couche avec toi et puis un jour elle t'oublie. Tu as fait ça avec tant d'autres, pourquoi ç'aurait été différent avec moi ? Pourquoi je fais autant d'ateliers d'écriture ? Peut-être pour t'oublier. Pour essayer… Pourquoi tu me regardes comme ça, Violaine ?

Alain Massard, le binôme de Sophie, avait hérité de la pénible tâche d'annoncer le décès de Marc Fournier à ses proches. Cela faisait plusieurs fois qu'il passait son tour et Sophie avait été intraitable : elle retournait sur-le-champ à Paris pour revoir Violaine Lepage, l'éditrice de *Fleurs de sucre,* et demander leur emploi du temps aux membres du service des manuscrits. — Déjà, Fournier n'a pas de femme et pas d'enfants, avait tranché Sophie, ça va te simplifier la tâche, non ? Alain n'avait rien répondu.

Plus terrible encore que la découverte d'un corps était le premier contact avec les proches de la victime. Il s'établissait d'abord par téléphone. Pour cela, Alain avait des phrases toutes faites et un ton de circonstance froid, un brin militaire : — Allô, bonjour, je suis le lieutenant Massard du SRPJ de Rouen, j'ai besoin de vous rencontrer très rapidement concernant... À cet instant la phrase comportait des variantes : « votre femme, votre fille, votre père, votre fils, votre mari... »

Au bout du fil, c'était toujours l'incompréhension suivie de cette seconde de silence – toujours la même. Dans tous les cas de figure, elle revenait, cette foutue seconde, durant laquelle Alain sentait l'angoisse et la panique monter en flèche chez son interlocuteur qui n'était encore qu'une voix dans le téléphone. La question qui suivait comportait elle aussi des variantes, surtout dans les différentes tonalités d'angoisse, mais globalement se résumait toujours à : — Qu'est-ce qui s'est passé ? À cet instant, Alain avait sa phrase toute faite : — Quelque chose de très grave, mais je vais vous l'expliquer de vive voix, je suis en route.

On ne pouvait pas, selon lui, annoncer comme si de rien n'était le décès de quelqu'un au téléphone, en prenant les gens de court en plein déjeuner, voire en pleine nuit. Il fallait les préparer à l'idée du pire et l'expression « Quelque chose de très grave » leur permettait, en attendant son arrivée, de passer en revue l'éventail des possibles et à un moment de tomber sur l'éventualité du décès – donc de l'envisager. Lors d'un entretien d'évaluation avec un psychologue de la police, il avait expliqué à celui-ci sa manière de procéder. — Vous avez raison, lieutenant, vous faites preuve de beaucoup de finesse, ce n'est pas le cas de tous vos collègues, avait affirmé ce dernier.

Puis venait l'étape de l'interphone pour les immeubles ou la sonnette de porte d'entrée pour les pavillons. Là, ça se compliquait pour Alain, parce que c'était vraiment à cet instant que cela se jouait. À cet instant qu'il était le porteur de la nouvelle terrible, celle qui allait bouleverser une famille à tout jamais. Lorsqu'il aurait parlé, plus rien ne serait comme avant. Derrière la porte, il découvrait des visages inquiets qui le scrutaient avec attention, des femmes, des hommes, parfois des enfants. Il entrait en silence dans des intérieurs dont il n'aurait jamais dû franchir le seuil : des salons bourgeois remplis de meubles et de souvenirs de famille, des livings de la classe moyenne avec canapé en cuir design et écran plat, des logements parfois très pauvres où toute tentative de décoration se révélait inutile. Les effluves d'une bougie parfumée traînaient parfois dans l'air ou bien l'odeur d'une soupe filtrait de la cuisine. Chaque fois, Alain avait le sentiment d'entrer par effraction dans des endroits tranquilles pour poser doucement une charge de dynamite sur la table basse familiale et, devant tout le monde, presser le bouton rouge qui allait tout faire voler en éclats. Lorsqu'il avait dû annoncer à 2 heures du matin aux parents de la petite Louise Fermaux, 12 ans, que l'on avait retrouvé le corps sans vie de leur fille dans le coffre de la voiture d'un homme arrêté pour un banal excès de vitesse, la mère s'était mise à hurler si fort qu'Alain en était resté sans voix. Plus aucune parole n'était parvenue à franchir ses lèvres, il était resté tétanisé devant le visage déformé par la douleur de cette femme tombée à genoux dans sa robe de chambre, son mari qui tentait de la calmer et n'y parvenait pas et le petit chien qui tournait dans tous les sens en jappant. Alain s'était mis à trembler et avait posé ses mains sur ses oreilles avant de se recroqueviller sur le canapé de leur salon, incapable de bouger un muscle. On lui avait prescrit trois jours d'ITT et de puissants calmants. Le médecin de la police avait conclu à une crise de tétanie et avait formellement interdit d'envoyer Alain annoncer un décès avant plusieurs mois.

Dans le cas de Marc Fournier, c'était différent. Il était inutile de se rendre à son domicile vu qu'il était le seul à y habiter. Ni femme ni enfant, comme l'avait précisé Sophie. Aucune compagne identifiée. Une sœur aînée vivant en Italie dont on cherchait les coordonnées. Marc Fournier était toutefois le fils de l'ancien maire de Bourqueville qui avait effectué trois mandats dans les années 1990 – veuf, il s'était retiré sur ses terres, dans un lieu-dit dont personne n'était en mesure de fournir le nom exact. Le plus simple était de demander au maire actuel – de toute façon il fallait lui annoncer la découverte du corps sur sa commune. La secrétaire de mairie l'avait prié de bien vouloir patienter : — Monsieur le maire va vous recevoir au plus vite, avait-elle ajouté avant de sortir prestement par une large porte. On entendait ses talons sur le parquet et Alain songea à son ex, Inès, qui elle aussi portait toujours des escarpins à brides et hauts talons qui faisaient le même bruit. Après leur séparation, il lui arrivait d'entendre le son de ses talons en rêve et de se réveiller en sursaut. Depuis trois mois, il sortait avec Virginie, la PTS chargée des images de scène de crime. Virginie était jolie et douce, elle parlait peu et se contentait souvent d'un sourire timide pour répondre à une question. Il était difficile d'imaginer que Virginie, si sage dans son coin avec ses photos et ses vidéos, était dotée d'une telle ardeur sexuelle. Depuis trois mois, Alain la retrouvait tous les soirs chez elle pour un dîner qui s'achevait invariablement en sauvage partie de jambes en l'air sur la moquette de son salon. Peu habitué à ce rythme quotidien avec ses précédentes compagnes, Alain avait constaté qu'il avait perdu pas moins de cinq kilos. Pour l'instant, personne au SRPJ ne soupçonnait leur histoire et ce matin encore, avec la scène de crime du taxi, ils avaient fait comme s'ils ne se connaissaient pas. Lorsque Sophie lui avait demandé le prénom de « la fille des vidéos » – elle était incapable de le mémoriser – Alain avait répondu : — Virginie, non ?

Le bruit de talons revint : — Monsieur le maire va vous recevoir, lieutenant.

Jean-François Combes était un homme très corpulent d'une quarantaine d'années avec un double menton qu'il tentait de dissimuler dans une barbe virant au gris. Son costume bleu sombre, mal coupé, lui dessinait des épaules trop larges et les manches

étaient trop courtes pour ses bras qui dès lors paraissaient semblables à deux petits ailerons qu'on aurait
greffés sur son corps. L'alliance du surpoids, de la pilo-
sité et des ailerons lui donnait l'air bien plus vieux
que son âge. Il se leva la main tendue. — Bonjour
lieutenant, j'ai appris, dit-il d'un air sombre. Quelle
horreur ! ajouta-t-il en fronçant ostensiblement les
sourcils. Fournier était le plus brave des hommes.
Alain nota une fois encore que le commun des mortels confronté à une affaire criminelle dont il
connaît un tant soit peu les protagonistes les pare
de toutes les qualités : le meurtrier est toujours
décrit comme un voisin sans histoire, certes taiseux,
mais qui rendait des services dans le quartier, quant
à la victime c'était toujours la crème des hommes
qui faisait la joie de sa famille et la fierté de son
patron. Jamais il n'avait entendu quelqu'un déclarer
à propos d'un assassin : — Ça ne m'étonne pas que
cette charogne ait sorti un couteau, c'était le dernier
des fils de pute ! et d'une victime : — C'était juste
un gros con qui ne disait jamais bonjour, garait sa
bagnole n'importe où et gueulait sur sa femme et
ses enfants.

Après un silence – qu'il souhaitait solennel et pro-
fond – le maire se lança : — Sur la zone, ça fait
trois en moins d'un an. Il avait ostensiblement levé
son poing pour en faire émerger l'un après l'autre
trois de ses doigts boudinés : Perchaude, le notaire
(pouce), Balard, le patron du Thor (index), et maintenant Fournier, le taxi (majeur). Une vengeance ?

conclut-il dans un froncement de sourcils gourmand que connaissait bien Alain. Lorsque les profanes se mettent à émettre des hypothèses sur des affaires criminelles, c'est en général la porte ouverte à tous les délires.

— Il doit y avoir quelque chose de cet ordre, lâcha sobrement Alain, nous travaillons dessus.

— C'est la drogue, fit l'élu. Balard était un individu peu fréquentable avec sa boîte de nuit. On l'a fermée deux fois pour trafic de stupéfiants. Il aura entraîné les autres. L'appât du gain, lieutenant. L'argent qui corrompt, l'argent qui avilit, prononça l'élu d'un ton sépulcral.

— Il n'y avait rien de suspect sur les comptes en banque du notaire et, d'après les premières infos, rien d'anormal non plus sur celui du taxi. Pas d'argent liquide chez eux, pas de dépenses inexplicables. Encore moins inexpliquées...

L'impasse soulevée par Alain sembla contrarier le maire. Cette histoire de drogue devait lui tenir à cœur – peut-être comptait-il faire en vue des prochaines élections un peu de com sur la drogue, fléau de notre jeunesse.

— On a peut-être affaire à un serial killer... lança Alain dans un sourire.

Le maire le regarda, éberlué.

— Oui, poursuivit Alain, même type de proie, des hommes d'une bonne cinquantaine d'années et même *modus operandi* : victime à genoux, une balle dans la tête. Toujours près d'une forêt.

— Mais vous n'êtes pas sérieux, lieutenant, fit l'élu d'une voix tremblante. J'ai des administrés, moi, la panique va s'emparer de la région et Bourqueville est un lieu calme et paisible, ici on ne vit pas de sang, mais de cidre et de livarot, les Bourquetois sont de braves gens, travailleurs et honnêtes...

Le maire était parti dans une longue tirade sur le charme de son bourg, de ses habitants et sur le bon vivre des terres de France. Alain le laissa aller jusqu'au bout puis il y eut à nouveau un silence.

— J'aurais besoin des coordonnées de l'ancien maire, Jean-Paul Fournier, pour lui annoncer le décès de son fils, je suppose que vous les avez.

— Bien sûr, je vais vous les noter. Ce n'est pas évident à trouver, il est vraiment dans le bocage. Il ouvrit un tiroir et sortit un gros agenda en cuir qu'il feuilleta après s'être léché le pouce, puis déboucha un stylo-plume. Malgré l'écran plat d'ordinateur et l'iPhone posé sur le bureau, l'ensemble du décor conservait un côté vieille France : la pièce en boiseries, la photo du président de la République et le buste de Marianne en plâtre blanc sur la cheminée en marbre, le bureau du maire de style Empire, la bibliothèque-vitrine remplie de livres et d'objets qui couvrait le mur derrière l'élu.

— Je vais vous faire un plan, dit le maire sans quitter sa feuille des yeux. Alain hocha la tête en guise de remerciement puis plissa les paupières sur

trois formes blanches posées l'une à côté de l'autre
sur l'une des étagères de la bibliothèque.

— Qu'est-ce que c'est ?

— Quoi donc ? interrogea le maire en relevant
la tête de sa feuille de papier.

— Les objets blancs, dit Alain en désignant l'étagère du menton.

Le maire se retourna péniblement dans son fauteuil : — Ah, ça ? Ce sont des fleurs de sucre.

— Pardon ?

— Des chefs-d'œuvre de compagnons pâtissiers.
Ils les sculptaient dans un bloc de sucre de plusieurs
kilos, à la gouge et avec probablement d'autres usten-
siles dont je ne sais rien. Un sacré tour de force,
n'est-ce pas ? La moindre erreur et tout est cassé.

Alain se leva pour s'approcher de la vitrine. Il y
avait trois sculptures, trois fleurs, chacune d'une
trentaine de centimètres sur un socle taillé à même
le sucre. Chacune était d'une forme parfaitement
imaginaire et dont les pétales entrelacés formaient
une corolle délicate, miroitante de ses milliers de
cristaux comme si on l'avait cueillie dans la rosée
gelée du matin. Une fleur tout droit sortie d'un
conte de fées.

— C'est un don à la mairie, poursuivit le maire,
d'une famille de pâtissiers de Bourqueville. Ils
étaient boulangers-pâtissiers de père en fils, mais
aujourd'hui ils sont partis depuis longtemps. Ça,
ce sont les fleurs du grand-père, si je ne m'abuse.
L'ancien maire pourra sûrement vous en dire
davantage.

Alain ne pouvait détacher ses yeux des courbes des fleurs aussi blanches et brillantes que la neige sous le soleil d'hiver.

— Il s'appelait comment, ce pâtissier ?

— Lepage.

Un quartier entier était en train de s'élever – une ville nouvelle à l'intérieur de la ville. Sophie marchait le long d'immeubles aux formes futuristes, encore inhabités, à peine achevés, mais vendus sur plan depuis longtemps. Tout était neuf dans le prolongement du quartier des Batignolles qui abritait le nouveau tribunal de grande instance dont elle distinguait au loin les trois cubes superposés – leur hauteur atteignait la moitié de la tour Eiffel. Le 36 quai des Orfèvres avait quitté son adresse mythique des quais de Seine pour un bâtiment moderne qui jouxtait le tribunal. En hommage à son glorieux passé, on l'avait installé au numéro 36 d'une rue qui ne comportait aucun autre numéro. — C'est le 36 nulle part, plaisantait Jérôme Baudrier, un de ses collègues de l'école de police devenu lieutenant et parti à Paris des années plus tôt. Ils n'avaient jamais perdu contact, mais ne se voyaient plus qu'une ou deux fois par an. Un engin de travaux la dépassa et Sophie se réfugia sur le trottoir. Elle leva la tête vers les balcons d'un immeuble. Un homme prenait

160

un café sur l'un d'eux, il y avait même installé une chaise et une plante verte. Tous les autres étages étaient vides, Sophie se demanda brièvement à quoi pouvait ressembler la vie de ce type, premier et pour l'heure seul occupant d'un immeuble de quinze étages.

Comme une enclave sortie du passé, une petite construction datant de l'ancienne gare avait mystérieusement été préservée. Elle émergeait avec son mur de briques et son toit de tuiles sur un îlot de verdure. On en ferait sûrement un lieu d'échange pour les futurs habitants du quartier, un point relais pour aller chercher des paniers de légumes bio ou un loft de co-working. La rue n'en finissait pas lorsque Sophie aperçut un grand panneau : « Direction police judiciaire », assorti d'une flèche.

Quand Violaine était enfin rentrée de son déjeuner, Sophie l'attendait dans son bureau depuis une bonne demi-heure. — Je suis désolée, lieutenante, s'était excusée Violaine en lui serrant la main. Elle lui avait semblé ailleurs ou très préoccupée par un événement qu'elle n'avait pas l'intention de confier à qui que ce soit. Sophie s'apprêtait à attaquer sur le manque de coopération de l'éditrice lorsque Violaine avait ouvert le tiroir de son bureau pour en sortir sa bague à cabochon : — Vous avez oublié cela lors de votre dernier passage. Il arrivait parfois à Sophie de la retirer lorsque ses doigts gonflaient, la bague avait toujours été un peu trop serrée, elle la glissait alors dans sa poche. Ce n'était qu'en rentrant à Rouen qu'elle s'était aperçue que la bague n'était plus à sa main ni dans sa poche. Sophie avait retourné toute la voiture pour ensuite être prise d'un doute : l'avait-elle en partant à Paris ? Elle avait cherché dans tout le pavillon et fait toutes les poches de ses vêtements pour au bout d'une heure s'effondrer en sanglots dans son canapé. La bague qu'elle croyait disparue à jamais venait de réapparaître dans les mains de Violaine et Sophie avait eu envie de serrer l'éditrice dans ses bras. Vu les circonstances de sa visite, elle s'était contentée d'un sobre : — Merci beaucoup.

Elle avait demandé les emplois du temps de l'ensemble des membres du service des manuscrits et de sa directrice. Puisque Violaine s'obstinait à affirmer qu'elle ne connaissait pas l'auteur, on pouvait donc considérer le service des manuscrits comme point de départ et non comme point d'arrivée. Il n'y avait pas d'avant. L'intuition et les faits semblent parfois totalement opposés. Un *cold case* est une affaire non résolue parce que les intuitions et les faits n'ont jamais pu se rejoindre. Pourtant des dizaines, des centaines d'hypothèses ont été envisagées, parmi elles il y a forcément la bonne. Aucun *cold case* résolu vingt, trente ou cinquante ans après n'a fait émerger de solution qui n'ait jamais été explorée auparavant. À un moment, ne serait-ce que le temps d'une semaine, un après-midi ou une demi-heure, un des enquêteurs aura trouvé la vérité.

Elle voulait voir Jérôme Baudrier pour le plaisir de prendre un café avec lui et par la même occasion se connecter à Anacrim, le logiciel conçu et utilisé pour l'analyse criminelle depuis une quinzaine d'années. Il était constitué d'une base de données numérique dans laquelle on entrait toutes les pièces d'un dossier pour y mettre à jour une faille ou une incohérence. Des tableaux et organigrammes apparaissaient sur l'écran, les noms des suspects, leurs emplois du temps, les pièces à conviction, les horaires... tout était pris en compte par la machine qui pouvait faire émerger un détail qui avait échappé aux enquêteurs. Depuis le double meurtre qui s'était produit un an plus tôt, ils avaient constitué leur propre base de données sur l'affaire, mais la machine n'avait rien relevé qui puisse les aider.

— Je n'en peux plus de voir ça, dit Jérôme Baudrier en désignant par la fenêtre de son bureau l'enfilade de silos et le défilé incessant des camions de chantier. J'ai l'impression que tout le béton de la planète est en train de se chier sous mes fenêtres. Alors j'ai mis ça, expliqua-t-il en désignant le calendrier punaisé au mur qui représentait des vaches normandes dans de verts pâturages, et ça c'est pour nous, ajouta-t-il en montrant la photo en noir et blanc de Georges Simenon qui allumait sa pipe devant le quai des Orfèvres.

Sophie sourit en buvant son gobelet de café.

— Tu as toujours le drakkar.

— Toujours, répondit Jérôme en baissant les yeux sur une petite maquette de drakkar posée sur

163

son bureau – il l'avait confectionnée lui-même alors qu'ils fréquentaient encore l'école de police. C'était la reproduction d'un bateau conservé dans le château de Robert le Diable à Moulineaux, près de Rouen, en bordure de l'autoroute A13. Il fit le tour de son bureau, s'y installa et regarda la maquette, puis Sophie. Il but son café et il y eut un silence.

— Quelque chose ne va pas, Jérôme ?

Il ferma les yeux et se lança : — En fait, j'étais amoureux de toi, So, je sais pas pourquoi je te dis ça, c'est pas le moment et c'est très malvenu, mais comme il n'y a pas de bon moment… Je sais que tu n'arrives pas à te remettre de la mort de Bruno, je sais que tu ne peux pas envisager d'être avec quelqu'un d'autre… mais je me suis séparé de Sabine. Et t'es toute seule à tourner en rond dans ton pavillon et moi, c'est pareil dans mon appartement, et je pense à toi, So, tout le temps. Je voudrais pas qu'on passe notre vie à nous rater. Voilà, il fallait que je le dise. Au moins ça me soulage, avoua-t-il en reprenant son souffle.

Sophie le fixa longuement, en respirant avec difficulté.

— Je ne sais pas quoi répondre, finit-elle par murmurer. Elle sentait monter les larmes et tenta de les contenir.

— Tu voulais utiliser Anacrim ? reprit Jérôme. Je vais avoir beaucoup mieux que ça pour toi, affirma-t-il en souriant.

La porte ressemblait à celle d'une salle des coffres. La pièce entièrement blanche mesurait une trentaine de mètres carrés. Les murs étaient couverts d'armoires numériques et un vague bourdonnement emplissait l'air. Ils avaient dû badger pour entrer. Jérôme avait demandé une autorisation par téléphone pour « procédure de test » qui lui avait été accordée. Au fond, un bureau moderne et un ordinateur à écran plat. Un écran bleu.

Jérôme invita la lieutenante à poser sa main sur la tablette numérique.

— Il faut que tes empreintes soient lisibles.

Sophie posa sa main. Ils attendirent ensemble.

— Bonjour, lieutenante Tanche, fit une voix douce qui résonna dans la pièce. Sophie sursauta et se tourna vers son collègue. Je suis l'Anacrim 888, poursuivit la voix, je suis une intelligence artificielle et vous pouvez dialoguer avec moi.

— Impressionnant, n'est-ce pas ? clama Jérôme Baudrier. Tu gardes tout ça pour toi, So. Officiellement, cette pièce et ce logiciel n'existent pas. Le ministère de l'Intérieur et celui de la Défense le mettent en place ici à titre expérimental. Pour résumer : nous ne sommes pas ici, nous n'y avons jamais été.

— Compris, acquiesça Sophie. Je peux brancher mon USB ?

Sophie sortit une clef et la connecta à l'ordinateur.

— Il s'agit du double meurtre des joggers, fit la voix. Et d'une connexion avec un nouveau crime. Je dirais que la connexion est établie. Même arme, même façon de procéder.

— Je peux vraiment lui parler ?

— Oui, vas-y.

— Je ne veux pas de ce monde-là, murmura Sophie avant de prendre une grande inspiration. Il y a de nouveaux paramètres.

— Lesquels ? demanda la voix.

— Un roman décrivant des crimes similaires à ceux de cette affaire. Personne ne sait qui a écrit ce livre, même son éditrice dit l'ignorer. Tout part d'un endroit qui s'appelle le service des manuscrits, je veux creuser cette piste, j'ai demandé leur emploi du temps à tous les membres du service et à sa directrice. Mon Dieu, je parle à une machine, soupira Sophie.

Baudrier posa sa main sur son épaule.

— Arrête, tu vas le vexer.

— Je ne suis pas vexé, lieutenant Baudrier, le premier contact avec une intelligence artificielle est souvent déstabilisant. Pour en revenir à votre intui-

tion et au livre, il faut en effet exploiter cette piste.
Quel est ce roman ?

— *Les Fleurs de sucre*. Son auteur se nomme
Camille Désencres. Je l'ai dans mon sac.

— Inutile, je vais le trouver sur le Net. Voilà.
Je l'ai lu.

— Vous l'avez lu ?

— Je ne l'ai pas lu au sens où vous lisez. Disons
que j'ai pris connaissance de son contenu.

— En quelques secondes ?

— En une nanoseconde, pour être précis. La
concordance des crimes est très troublante. Je note
un détail.

— Allez-y.

— Le dernier mort dans le livre.

— Oui ?

— Il n'est pas indiqué qu'il a un trou dans la tête.

Sophie reprit son exemplaire des *Fleurs de sucre*
et relut le passage. La machine avait raison, il était
dit qu'il était agenouillé, mort, mais Camille Désencres
n'évoquait ni arme ni blessure.

— C'est exact, confirma-t-elle.

— Les hommes dont il est question dans ce livre
et ceux de votre affaire, lieutenante, sont très probablement les mêmes.

— Mon hypothèse du service des manuscrits...
Vous avez les emplois du temps sur la clef USB.

— Oui. Mais votre hypothèse est peu probable.

Sophie se décomposa.

— Certains n'ont pas d'alibi ! répliqua-t-elle.

— Certes. Mais il y a un nom dans l'affaire qui semble correspondre aux paramètres.

— Qui donc ?

— Vlad Comanescu.

Sophie se tourna vers son collègue qui haussa les sourcils : — C'est un type qu'on a arrêté au début et qu'on a relâché. Un petit délinquant, lié à des trafiquants roumains. La trentaine, passionné d'armes.

— Des condamnations pour violences diverses et ses connexions avec le trafic de drogue figurent dans son casier judiciaire, poursuivit la voix. Le patron de la boîte de nuit Le Thor a été condamné pour trafic de drogue. Vlad Comanescu vient de sortir de prison.

— Je l'ignorais, avoua Sophie.

— Il a été condamné à une année de prison pour vol avec violences. Il a toujours agi dans le périmètre de la Normandie. Techniquement, il est le seul à être sur place pour tous les crimes du dossier. Ses antécédents le placent au premier rang des suspects.

Sophie resta muette devant la machine.

— Tu es déçue, observa Baudrier.

Sophie ferma les yeux.

— Qui a écrit *Les Fleurs de sucre* ? demanda-t-elle.

— Camille Désencres, répondit la voix.

— Il y a un lien entre mon affaire et ce livre ?

— Il semble qu'il y ait un lien, mais je ne le détecte pas. Il m'est impossible de le trouver dans le dossier, je suis désolé de ne pas pouvoir vous aider, lieutenante.

Le plan dessiné par le maire s'était avéré parfait jusqu'à l'embranchement du chemin de terre. Alain avait bien suivi la flèche qu'il avait esquissée à droite, mais force était de constater que ce chemin-là ne menait nulle part. Il s'arrêtait net et il n'y avait pas même de clairière, juste des arbres. Il avait roulé une heure et quart, paramétrant le hameau le plus proche sur le GPS. Après avoir indiqué de sa voix d'automate toutes les informations sur les ronds-points dont il fallait prendre la première ou la deuxième sortie sur la gauche, ou encore continuer tout droit sur quatre kilomètres sur la D137, l'appareil se tut. Alain ressortit le croquis de l'élu pour vérifier. La flèche était bien à droite. — Vous êtes arrivé, annonça soudain le GPS et Alain sursauta. — Connard, jura-t-il, mais non, on n'est pas arrivé. — Vous êtes arrivé, reprit la voix posément, et Alain ferma les yeux en inspirant. — Vous êtes arrivé, répéta la voix dans l'habitacle, telle une divinité sans corps qui ne souffrait pas la contradiction d'un misérable humain.

Alain défit sa ceinture de sécurité et sortit de la voiture en claquant la portière. Il allait monter sur le talus qu'il devinait derrière les arbres, peut-être aurait-il une vue plus large sur la zone. Au loin, il distingua une unique maison, plutôt basse et couverte d'un toit de chaume, et quelqu'un devait faire brûler des branchages ou des feuilles dans le jardin car une colonne de fumée blanche montait vers le ciel. Alain entreprit de descendre le talus et de couper à travers les prés.

Arrivé devant la porte d'entrée du jardin ceinte d'un haut mur de briques, il chercha une sonnette mais ne trouva qu'une vieille cloche en bronze verdie par les pluies assortie d'une chaîne de fer forgé. Alain songea que celle-là, on ne la lui avait pas encore faite : les sonnettes, les interphones, il connaissait, mais la cloche… Il n'avait pas pu préparer son interlocuteur au téléphone – personne à la mairie de Bourqueville n'avait été en mesure de lui communiquer le numéro de l'ancien maire – on supposait qu'il n'avait pas de portable et que, s'il avait un fixe, celui-ci était sur liste rouge. D'après ses calculs, Jean-Paul Bouvier devait avoir dans les 88 ans. Alain se racla la gorge, respira profondément à deux reprises et murmura : — Monsieur le maire, je suis le lieutenant Massard du SRPJ de Rouen. Je suis porteur d'une très grave nouvelle… Ouais, c'est pas mal, ça. Il leva la main vers la chaîne et agita la cloche qui tinta.

Rien. À deux reprises, un grand silence pour toute réponse. Alain poussa la porte pour pénétrer dans le jardin. Une partie avait été transformée en potager et une statue de la Vierge trônait sur un rocher. Fallait-il des miracles comme engrais pour les légumes ? Alain n'était pas porteur d'une nouvelle miraculeuse, bien au contraire, et il ne put s'empêcher de se signer en passant devant la statue. Il toqua à la porte de la maison sans obtenir davantage de réponse mais elle était ouverte et il entra. Le salon était grand, avec un coin cuisine qui ouvrait sur l'espace télévision entouré de plusieurs poutres en quinconce et d'un minibar agrémenté de tabourets. L'écran était allumé sur BFMTV et la télévision réglée sur un volume au-dessus de la normale. Dans une cocotte-minute mijotait un plat qu'Alain supposa, d'après le fumet qui s'en échappait, être un pot-au-feu. Il s'approcha de l'écran pour y découvrir le décor de sa matinée : le taxi, mais cette fois sans le corps agenouillé, et une jeune fille qui parlait dans un micro frappé de l'emblème de sa chaîne de télé : « Marc Fournier, un chauffeur de taxi, un homme sans histoire pour une histoire qui en rappelle une autre : à vingt kilomètres de là, il y a un an, on a retrouvé les corps de Damien Perchaude, notaire, et Sébastien Balard, patron du Thor, une boîte de nuit. Même mode opératoire : des corps à genoux, une balle dans la tête et surtout des hommes qui se connaissaient. Quel est le lien entre ces trois crimes ? Pourquoi un an d'intervalle avec ce nouveau meurtre ? Les enquêteurs sont peu loquaces et rien ne filtre dans ce petit village paisible où l'on vit de bolées de cidre et de livarot. »

La journaliste avait de toute évidence parlé au maire qui lui avait servi son couplet. Alain tourna la tête vers le canapé et sursauta. Un vieillard, parfaitement immobile, assis sur trois coussins le regardait fixement à la manière d'un oiseau de proie chenu.

— Je suis le lieutenant Massard du SRPJ de Rouen, se présenta Alain. Je venais vous prévenir de la mort de votre fils, mais je vois que vous savez déjà…

Le vieil homme éteignit la télévision puis regarda le sol en hochant la tête.

— Monsieur le maire, qu'est-ce qui se passe ? Pourquoi meurent-ils tous ?

L'ancien élu vissa son regard dans celui d'Alain.

— Parlez-moi…, fit Alain doucement. Quelle faute ont-ils commise ? Vous le savez, j'en suis certain, s'avança-t-il.

Le vieillard continua de le fixer sans ouvrir la bouche.

Ils se regardèrent ainsi une longue minute. Alain les connaissait, ces villageois qui ne desserrent jamais les lèvres et refusent jusqu'au bout de révéler la moindre information concernant un secret de famille ou une mort suspecte. On pourrait leur infliger toutes les tortures du Moyen Âge qu'ils garderaient pour eux tout ce qu'ils savent.

— Les fleurs de sucre du pâtissier Lepage, c'est ça la clef, c'est le nom de Lepage ?

L'homme ne desserrait pas les dents.

— Vous ne voulez pas me parler... vous ne me parlerez jamais ! s'emporta Alain. Il sortit son téléphone de sa poche et tapa une recherche Google image sur le nom de « Violaine Lepage ». Il valida la photo officielle de la maison d'édition qui présentait Violaine sur un fond noir avec un demi-sourire et des piles de livres autour d'elle. Il la chargea en plein écran et l'approcha du visage de l'ancien maire.

— Vous connaissez cette femme ?

Le vieillard contempla la photo puis ferma les yeux et détourna la tête. Alain se calma. S'emporter face à un homme qui aurait pu être son grand-père et qui, de plus, venait d'apprendre la mort de son fils lui parut soudain aussi inutile qu'inconvenant. Contre toute attente, l'ancien leva la main comme s'il s'agissait d'un signe de reddition et Alain crut un instant qu'il allait parler. Comme s'il était muet, il fit signe à Alain de rester sur le canapé puis il se leva péniblement et se dirigea vers le coin cuisine. Il éteignit le gaz sous le pot-au-feu puis s'avança vers l'escalier et commença à gravir les marches pour disparaître.

Alain imagina qu'il allait chercher quelque chose. Mais quoi ? Une boîte en métal pleine de photos jaunies ? Grâce à laquelle il se mettrait enfin à table ? Il pensa qu'il pouvait aussi être parti récupérer une carabine, lui en mettre un coup depuis le haut de l'escalier et peut-être la retourner ensuite contre lui. Il se saisit de son arme de service et décocha le cran de sécurité. Il ne se passait plus rien depuis plusieurs minutes dans la pièce et la maison. Il regarda la fenêtre de la cuisine : une guêpe s'obstinait à vouloir passer au travers des carreaux. Il entendit un bruit mat et leva les yeux au plafond. C'était comme si on avait fait tomber un objet – une lampe ou un cendrier.

— Monsieur le maire ? appela-t-il. Monsieur Fournier ?

Alain se leva et commença à gravir les marches, son revolver à la main lui semblait superflu mais le rassurait quand même un peu. Arrivé au premier il répéta : — Monsieur ? Il s'avança vers une porte entrouverte pour la pousser. Le vieux se balançait doucement au bout d'une corde nouée autour de la poutre traversante de la pièce, un tabouret renversé à ses côtés. Alain resta saisi par la vision, puis redescendit l'escalier quatre à quatre pour ouvrir tous les tiroirs de la cuisine et trouver un couteau. Il remonta pour grimper sur le tabouret et couper la mince corde qui refusait de céder jusqu'à ce qu'enfin le dernier fil de nylon lâche. Le corps de l'ancien élu tomba de tout son poids, dans un fracas qui entraîna Alain et le tabouret. Il se tourna péniblement sur le sol, l'homme avait les yeux ouverts, la tête sur le plancher.

— Je suis un monstre…

— Non, tu es dotée d'une personnalité complexe, rétorqua Stein en tirant sur une vapoteuse.

Le bureau de l'analyste était plongé dans la pénombre et les rideaux tirés, comme d'habitude, mais il semblait à Violaine que les éclairages d'appoint avaient encore baissé d'intensité. Elle ne distinguait presque plus la silhouette de Stein derrière l'épais nuage de sa nouvelle cigarette électronique.

— J'aime Édouard, je n'aime que lui et je le trompe. Pourquoi je fais ça ?

Seul le grésillement liquide de la cigarette électronique lui répondit.

— Tu dis rien, t'es chiant, Pierre. Sale con…

Ils venaient d'évoquer les amants de Violaine dont Stein disait posséder une liste issue de ses confessions. Il avait refusé de lui donner leurs noms. — Tu les retrouveras dans ton subconscient, ou pas. Ça importe peu. Ça te reviendra sous forme de flashs, comme un film porno en lecture aléatoire. Pour toute réponse, Violaine lui avait jeté dessus un coussin du divan que Pierre avait rattrapé au vol avant de le caler dans le dos de son fauteuil.

— J'en ai assez de ce divan.

Et Violaine se leva en s'appuyant sur sa canne.

— Révolte…, lâcha Stein en la suivant des yeux avec intérêt.

— Peut-être, fit Violaine, et elle s'approcha d'une étagère remplie de poteries, de pichets et de plats en terre cuite. Pourquoi tu collectionnes ce genre de poteries ? Tu n'as aucun rapport avec la campagne. Je ne sais même pas si tu as jamais vu une vache de ta vie.

Pierre sourit.

— La collection commence à deux quand on cherche le troisième, énonça-t-il.

— Comme moi avec mes amants ?

Elle n'eut droit, à nouveau, qu'à un grésillement liquide suivi d'un nuage.

— « Ces hommes, je les connais », disais-tu en parlant des types assassinés comme dans *Les Fleurs de sucre*.

— Un autre homme a été tué…

— Tu penses que tu le connaissais aussi, celui-là ? Violaine ne répondit pas.

— Le silence est une réponse, remarqua Stein, laconique. Pourquoi tu n'as pas eu d'enfants ? reprit-il soudain.

— Je ne peux pas en avoir.

— Tu ne peux pas ou tu ne veux pas ?

— Je ne peux pas, je ne veux pas. Je ne veux pas être séparée de l'homme que j'aime par quoi ou qui que ce soit. Je veux qu'on reste deux, pas trois, pas quatre, pas cinq. Deux pour toujours ! Ça te va, comme réponse ?

— C'est une réponse…, dit doucement Stein.

Violaine s'approcha de la cheminée et se regarda dans le miroir.

— J'ai rendu sa bague à la lieutenante Tanche, je la lui avais volée.

— Bien, approuva Stein dans un nouveau nuage de vapeur.

— Et j'ai vu Proust au jardin du Luxembourg. Ça ne t'étonne pas ? dit-elle en se tournant vers lui.

— Tu changes de sujet. Soit, parlons de Proust. Tu le vois, et après ? C'est une projection affective.

— Je lui parle, Pierre, et il me répond, insista Violaine en s'approchant du divan pour s'y rallonger.

— Ça ne m'inquiète pas, rétorqua Stein en soufflant la fumée vers le plafond. J'avais un patient qui parlait à son labrador mort depuis plus de vingt ans. Il n'avait rien d'un excentrique, c'était un des patrons du CAC 40. Dans des moments d'angoisse, il le voyait à ses côtés. Ça le rassurait. Ça te rassure, de voir Proust ?

— Oui.

— Si ça se trouve, il se tient vraiment à tes côtés. On ne sait pas grand-chose sur l'au-delà. Les religions n'ont apporté que des réponses soit beaucoup trop précises soit beaucoup trop floues. Bref, dans les deux cas : irrecevables.

— Tu te fous de moi.

— Non, je suis très sérieux. Autre chose ?

Violaine ramena sa jambe sur le divan et caressa les tiges métalliques en fixant le plafond.

— Pierre, est-ce que je pourrais avoir écrit *Les Fleurs de sucre* et ne pas m'en souvenir ?

— … Tu voudrais l'avoir écrit ?

— Oui, répondit Violaine dans un souffle.

— Pourquoi ?

Violaine n'ajouta rien. Le grésillement de la cigarette fut seul à se faire entendre jusqu'à la fin de la séance.

Les pompiers s'étaient occupés du corps, un voisin avait donné le téléphone d'une femme qui vivait à trente kilomètres et qu'il fallait appeler « en cas de besoin ». Alain s'était retrouvé une fois encore avec ses phrases toutes faites : — Quelque chose de très grave est arrivé à monsieur l'ancien maire. Cette fois, il avait simplifié en poursuivant par : — Il a décidé de mettre fin à ses jours de manière brutale. La femme avait répondu par un sobre : — Je viens, et Alain avait précisé : — Je ne serai plus là, madame, je dois quitter les lieux. Je vais vous communiquer les coordonnées du capitaine des pompiers. Tout ça l'avait littéralement vidé et c'est sans aucune honte qu'il s'était installé au bar de la cuisine pour se servir un grand verre de vin rouge et le boire devant les pompiers. Puis, il avait reçu un appel de Sophie qui lui demandait de se concentrer au plus vite sur la piste, abandonnée un an plus tôt, de Vlad Comanescu. Leur échange avait été si vif que les pompiers s'étaient retournés à deux reprises vers lui tandis qu'ils zippaient le corps du vieillard dans une housse avant de le poser sur un brancard. Le ton était monté : — Non ! avait protesté Alain, le vieux n'est pas allé se pendre parce que son fils touchait au trafic de dope ! Il a refusé de me répondre lorsque j'ai parlé des fleurs de sucre, il a refusé de dire un mot sur les pâtissiers Lepage, il a détourné les yeux en voyant la photo de ton éditrice. Il s'est pendu par déshonneur, Sophie, et pour ne pas parler. J'ai vu tes fleurs de sucre, de mes yeux vu !

Il avait quand même émis un avis de recherche en urgence pour Vlad Comanescu, puis il était remonté dans sa voiture en débranchant le GPS pour filer vers Rouen.

Dans l'immense salle des archives de la mairie, Alain était maintenant installé devant un petit bureau et opérait des recoupements en classant des dossiers par noms et professions. Si l'on s'était mis à numériser de nombreuses archives, celles des Rouennais boulangers-pâtissiers n'en faisaient pas partie. Le présent était bien accessible sur l'Inter et l'Intranet, le passé lointain également et surtout lorsqu'il peut susciter la curiosité des touristes. En revanche, la vie des commerçants de Rouen arrivés et disparus sans susciter d'intérêt particulier ne faisait pas partie des grands plans de digitalisation lancés par le département. Alain recoupait donc les archives jaunies du commerce, les naissances, les décès.

Au bout d'une heure, il localisa la boulangerie-pâtisserie Lepage. Ouverte vingt-cinq ans plus tôt.

Désormais vendue. Il trouva ce qu'il cherchait dans le registre des nécrologies comme dans celui des naissances déclarées.

Le carnet de moleskine noir sur lequel il prenait des notes pour ses enquêtes contenait deux pleines pages de ratures avant d'aboutir à ce bilan :

« Originaires de Bourqueville, Henri et Pauline Lepage. Henri, artisan pâtissier et Pauline, sage-femme, et leurs enfants : Hélène et Fabienne. Fabienne née dix-huit ans après Hélène, et décédée un an plus tôt. »

La fiche à laquelle il avait accédé indiquait qu'il s'agissait d'un suicide par défenestration. Ses parents étaient morts quelques mois auparavant dans un accident de voiture. Hélène, quant à elle, semblait s'être évaporée. Nulle part il n'était fait mention d'une Violaine Lepage.

« Pourquoi tant de temps entre ces deux naissances ? Pourquoi la seconde fille s'est-elle suicidée ? » nota Alain sur son carnet. Il constata également que la date de naissance d'Hélène correspondait à l'âge qu'avait aujourd'hui l'éditrice et inscrivit une dernière question : « Hélène et Violaine sont-elles la même personne ? »

Il avait l'impression de toucher enfin au cœur de l'affaire. Sophie pouvait bien aller se faire voir avec son logiciel à intelligence artificielle et Vlad Comanescu poursuivre ses trafics de tueur à la petite semaine. Alain éprouvait ce sentiment diffus et grisant d'approcher la vérité – de quasiment la toucher du doigt. Ces fleurs de sucre à Bourqueville dans la vitrine du bureau du maire, ce nom : Lepage, qui revenait sans cesse, ce vieil homme qui venait de se pendre plutôt que de dire ce qu'il savait... Toutes ces pièces s'emboîtaient forcément. Tout cela n'avait rien à voir avec la drogue et les mauvaises fréquentations du patron du Thor. C'était bien plus loin qu'il fallait remonter. La solution se trouvait dans le passé. Il fallait aussi s'appuyer sur l'intuition de Sophie selon laquelle tout venait de ce service des manuscrits. Alain ferma les yeux et tenta de faire le vide dans sa tête pour rassembler tous les éléments en présence. S'il y arrivait, une hypothèse jaillirait, une hypothèse qui tomberait comme la foudre sur un paratonnerre, et la vérité éclaterait. Il la cherchait à tâtons comme on se lève la nuit dans une chambre plongée dans l'obscurité pour trouver la poignée de la porte et se diriger vers la cuisine afin d'y chercher une bouteille d'eau. Il sentait que la source était proche. Il commença à la formuler, Sophie avait raison, tout venait du service des manuscrits... Dans moins d'une minute, il disposerait d'une théorie crédible... Son téléphone en mode vibreur le fit soudain sursauter. Un de ses collègues du SRPJ l'appelait et il décrocha : — Alain, commença l'autre, on vient de casser une cloison dans la cave du taxi. Il y a des caisses entières d'ecsta et de coke, il y en a pour des fortunes !... Tu m'entends ? reprit-il devant le silence d'Alain. — Oui, je t'entends, réussit-il à répliquer. Et il raccrocha.

Alain regardait, hébété, les registres posés devant lui et son carnet de moleskine. Tout s'était évanoui. Toutes les cartes avaient disparu. Il n'y avait plus de jeu – il n'y en avait jamais eu. Il referma tous les registres, alla les replacer dans les étagères, puis glissa son carnet dans sa poche et quitta les lieux.

La lumière du ciel blanc et le bruit des voitures l'agressèrent tant qu'il sortit ses lunettes noires. Une banale affaire de règlement de comptes lié à la drogue… Il marcha plusieurs centaines de mètres, l'esprit vide, pour se retrouver devant la façade de l'église Saint-Laurent ; le musée Le Secq des Tournelles. Alain fut pris d'une grande lassitude. L'envie de voir Virginie, de coucher avec elle – ou peut-être même pas – lui traversa l'esprit. Il s'assit sur les marches. La particularité de ce musée tenait à ses collections de clefs : des clefs par centaines, ouvragées et alignées dans des vitrines, dont on ignorerait à jamais quelles portes elles ouvraient et sur quoi donnaient ces portes : des salons ? des chambres ? des jardins ? Collectionner des clefs dont on ne sait pas ce qu'elles ouvrent, il faut être fou. À moins que la porte n'ait pas d'importance, que l'important soit de posséder la clef. Et Alain se rendit compte qu'il parlait tout seul.

Quelques jours plus tard, le SRPJ de Rouen interpella Vlad Comanescu dans une planque du Grand-Quevilly. Il passa rapidement aux aveux : il avait bien été missionné par le chef d'un gang de Roumains pour éliminer le patron de la boîte de nuit, son ami le notaire et le chauffeur de taxi. Le patron du Thor avait prétendu s'être fait dérober la drogue qu'il abritait pour pouvoir la revendre à son compte, aidé de ses deux amis de toujours appâtés par les bénéfices à la clef. Quelques jours après le double meurtre, Vlad s'était fait arrêter pour vol avec violences. C'était un récidiviste en sursis : la comparution immédiate le mena droit en prison pour un an. À sa sortie, il acheva le contrat afin de toucher l'argent qui lui avait été promis pour les trois exécutions.

On retrouva dans ses affaires trente mille euros en liquide ainsi que le Luger P08 qui fut identifié comme étant l'arme des crimes. Il se l'était procuré sur le marché parallèle des armes anciennes. Un pis-

tolet sorti des circuits depuis la guerre lui avait semblé un choix judicieux.

En sortant de la garde à vue, Sophie posa un jour
de congé pour la date de remise du prix Goncourt,
puis rentra chez elle et se coucha.

DERNIÈRE PARTIE

Des voitures de presse stationnaient place Gaillon, une camionnette avait sorti une antenne parabolique et une voiture de la police avec quatre brigadiers était garée en face du célèbre restaurant – ils escorteraient le lauréat ou la lauréate vers l'entrée quand la foule serait trop dense. Le petit monde des lettres commençait à affluer chez Drouant. L'établissement filtrait dès son entrée, et avec la plus grande attention les arrivants qui se réunissaient au rez-de-chaussée. Sur le trottoir, une équipe de télévision italienne interrogeait des passants – sans doute pour connaître leurs goûts littéraires et leur demander s'ils achèteraient le livre primé. Les journalistes qui sortaient leur carte de presse ou les éditeurs connus dont le visage seul fait office de laissez-passer défilaient maintenant à un rythme soutenu et on leur remettait un bracelet de tissu estampillé « prix Goncourt » qui leur permettait d'aller et venir. Une terrasse privée avait été aménagée, des petits groupes s'y formaient, d'autres se serraient la main ou s'embrassaient. Un micromonde secret et puissant se retrouvait pour une célébration pleine de suspense.

Sanglée dans son Perfecto, Sophie tirait sur sa cigarette et observait depuis le trottoir d'en face. Elle repéra quelques journalistes célèbres et fut presque tentée d'aller faire un tour à l'intérieur pour écouter les conversations et regarder tout cela de plus près : pronostics, critiques, rumeurs devaient se relayer. Une carte de flic reste le meilleur des laissez-passer et le seul fait d'imaginer la tête de la jeune fille aussi jolie que désagréable qui filtrait l'entrée devant sa carte de la police criminelle la fit sourire. Violaine et son état-major devaient être réunis à la maison d'édition et Sophie regarda sa montre avant de se diriger vers le métro.

Elle n'eut pas de carte à présenter à la maison d'édition. La jeune fille de l'accueil lui signala aussitôt que « Madame Lepage » était dans son bureau. Ses deux précédents passages n'étaient donc pas restés inaperçus, songea Sophie. Au premier étage, les membres du service des manuscrits se trouvaient tous dans leur grand bureau, mais ne semblaient pas lire. Murielle, Marie et Stéphane la regardèrent et hochèrent la tête pour la saluer sans la quitter des yeux lorsqu'elle se dirigea vers la porte de Violaine. Elle leur avait demandé leurs emplois du temps pour les jours des crimes, le double meurtre de l'année précédente et le plus récent. Peut-être lui en tenaient-ils rigueur ? Ou peut-être pas. Parfois, les suspects qui ont été blanchis ne vous en veulent pas tant que ça : ils ont le sentiment d'avoir participé malgré eux à un événement sortant de l'ordinaire et d'avoir ainsi une anecdote à relater pour le restant de leurs jours.

Le bureau de Violaine donnait sur une grande pièce dans laquelle se trouvaient la secrétaire et un large canapé. À demi allongé, un homme qui ressemblait singulièrement à Serge Gainsbourg, si ce n'était qu'il était vêtu d'un complet noir au lieu des emblématiques jeans du chanteur, y avait pris ses aises. Comme elle s'était arrêtée devant lui, il leva les yeux :

— Pierre Stein.

— Sophie Tanche.

— C'est donc vous… Ne perdez pas votre bague, cette fois, ajouta-t-il. Violaine m'a raconté, je suis son psychanalyste et son ami. Elle me dit presque tout – mais pas tout.

Stein suscitait en elle un singulier sentiment de douceur et de malaise mêlés.

— Vous sentez cette tension dans l'air ? Ils attendent le résultat et ils sont terrifiés à l'idée de perdre et peut-être encore plus de gagner. C'est comme l'odeur du gaz avant que tout implose.

En fait, il lui faisait penser au chat du Cheshire dans *Alice au pays des merveilles*, perché sur sa branche, souriant avec calme et malice. Celui qui observe tout ce qui se passe et devine même la suite sans pour autant la livrer.

— Je la sens, répondit Sophie.

— Qui va allumer le briquet ? interrogea Stein sur un ton énigmatique. Vous, peut-être ?

Sophie ne répondit pas et ses yeux se posèrent sur un homme aux cheveux bruns courts, vêtu d'une chemise blanche, qui se tenait devant une fenêtre.

— Qui est-ce ? demanda-t-elle à Stein.

— Édouard. C'est son mari... s'il est là, c'est que Violaine n'est pas loin. Stein tira sur sa cigarette électronique. C'est le couple le plus soudé que j'aie jamais vu, ajouta-t-il. Un cas d'école. Et il souffla un nuage de vapeur blanche. Violaine apparut dans l'encadrement de la porte de son bureau, appuyée sur sa canne, et ses yeux rencontrèrent ceux de Sophie.

Lorsque Pascal l'avait convoquée pour lui dire qu'il serait grand temps de faire venir Camille Désencres, elle était restée silencieuse un long moment avant de lui avouer qu'à deux heures du résultat, elle ignorait qui était l'auteur de *Fleurs de sucre*. Pascal s'était décomposé.

— Tu plaisantes ? avait-il demandé d'une voix blanche.

— Non.

— Mais il y a une semaine tu m'as affirmé… Tu as même précisé que c'était une femme !

— Je t'ai répondu ce que tu voulais entendre. Je t'ai menti, je suis désolée.

— Je ne sais pas quoi dire.

— Moi non plus.

Et Violaine s'était levée. Depuis, personne n'avait vu Pascal qui s'était enfermé dans son bureau et Violaine dans le sien.

La lumière filtrait à travers les soies lyonnaises jaunes aux motifs chantournés de volutes et d'oiseaux. Édouard avait eu raison de choisir ce tissu, songea Sophie tout en se disant que c'était la dernière fois qu'elle venait dans ce bureau d'éditrice dont la décoration ressemblait en définitive davantage à celle d'un appartement.

— Je me suis trompée, commença Sophie, tout est lié à la drogue, je voulais vous le dire et vous présenter mes excuses de vous avoir dérangés, vous et votre service des manuscrits. Je vous ai apporté une note sur les conclusions de l'enquête.

Violaine hochait la tête mais ne paraissait pas l'entendre, elle se tenait debout appuyée sur sa canne à contre-jour de la fenêtre.

— *Jet trails...*

— Pardon ?

— Les *jet trails*, c'est comme ça qu'on appelle les traînées blanches que laissent les avions dans le ciel. Elles paraissent l'avoir rayé pour toujours, puis ça s'efface et il ne reste rien.

Sophie s'approcha de la fenêtre pour regarder les longues lignes blanches qui se croisaient dans le ciel bleu.

— Pourquoi pensiez-vous que tout partait d'ici ? interrogea Violaine sans quitter des yeux le ciel.

— Mon intuition. Je crois que le temps de Simenon est fini, madame Lepage, j'ai résolu mon affaire grâce à une intelligence artificielle.

— Vous n'avez rien résolu, lieutenante, murmura Violaine. Simenon reste un génie et en ce qui me concerne, si nous avons ce prix, c'est la fin de ma carrière.

Sophie eut envie de lui dire quelque chose de réconfortant, mais elle ne trouva rien, elle tourna la tête vers la fenêtre : dans le ciel bleu, déjà, les *jet trails* commençaient à s'effacer et elle pensa à Jérôme Baudrier, dans son « 36 nulle part ». Peut-être avait-il raison, peut-être ne devaient-ils pas se rater toute leur vie et, pour la première fois depuis des années, elle sentit quelque chose battre à l'endroit où se trouvait son cœur.

— Vous pouvez rester et prendre un café, proposa Violaine. Je vous retrouve au service des manuscrits.

La lieutenante sortie, Violaine regarda l'écran noir de son portable. La seule personne qu'elle aurait voulu appeler était Charles. Elle ouvrit un tiroir de son bureau pour sortir la balle de tennis de l'éditeur qu'elle avait ramassée sur le court le jour où il s'était écroulé, posa ses doigts dessus, ferma les yeux et murmura : — Charles, aide-moi, je t'en supplie. Je suis perdue... Violaine laissa la balle glisser le long de son bureau et rebondir sur le sol jusqu'à s'arrêter dans un angle de la pièce, puis elle prit son téléphone et sortit en s'appuyant sur sa canne. Édouard et Stein discutaient devant sa porte et lui emboîtèrent le pas lorsque « Béatrice » s'afficha sur l'écran de son portable.

— Béatrice, je sais ce que vous allez me demander, annonça-t-elle d'un ton las, non, l'auteur n'est

pas là et je suis en train de me suicider profession-
nellement.

— Non, fit Béatrice, ce n'est pas possible. Je ne
peux pas croire qu'elle ne vienne pas.

— Elle, il…, on ne saura jamais, conclut Violaine
en se dirigeant vers le service des manuscrits.

Béatrice resta muette une seconde avant d'insister
sèchement :

— C'est bien « elle ».

— Comment pouvez-vous en être certaine ?
Violaine changea de visage. Attendez, vous avez
rédigé sa fiche de lecture… Béatrice, vous savez qui
c'est, demanda Violaine en s'arrêtant à l'entrée du
service des manuscrits où Murielle, Marie, Stéphane
et la lieutenante Tanche prenaient le café.

— Je lui avais juré de ne pas parler de cette rencontre, mais c'est trop grave maintenant, je brise le
pacte : quelqu'un est venu chez moi. C'était juste
après l'impression du livre. Elle a sonné à ma porte
et s'est présentée comme Camille Désencres. Elle a
dit qu'elle voulait me voir parce que j'avais lu son
livre et que j'avais écrit qu'il fallait le publier. J'étais
seule avec elle… Je suis désolée, je ne peux pas la
décrire, je n'ai pas touché son visage. D'après le
bruit de ses pas sur mes lattes de parquet, j'évaluerais
son poids à une cinquantaine de kilos. Elle a la voix
d'une personne qui devrait avoir entre vingt-cinq et
trente ans, elle parle peu, elle est timide, elle porte
des ballerines souples, et son parfum… Je me souviens de son parfum, c'est celui de cette fleur
blanche un peu poudrée…

— Le jasmin… murmura Violaine.

— Oui, c'est ça, le jasmin.

Violaine se tourna lentement vers Marie.

— Marie… c'est *toi* qui as écrit *Les Fleurs de sucre*. Marie regardait Violaine, tandis que tout le service des manuscrits regardait Marie, tout comme Sophie qui, immobile, contemplait la jeune femme blonde aux yeux clairs qui avait l'air aussi déterminée qu'apeurée. Elle ne s'était pas trompée : tout venait de cette pièce.

— Mais… qui es-tu, Marie ? demanda Violaine.

Et Marie continua de la regarder sans prononcer une parole. Puis elle reprit son souffle pour lancer d'un trait : — Et toi, qui es-tu Violaine ? et Violaine resta muette.

Les deux s'observaient. On aurait dit un de ces tableaux des musées de cire où des personnages en taille réelle sont figés dans une action et un lieu supposés incarner l'essence même de leur vie. Les yeux verts ne battaient plus et paraissaient ne plus voir Marie, tout comme les prunelles de Marie semblaient désormais perdues dans des souvenirs connus d'elle seule.

— Ce sont des créatures de l'écrit, souffla Stein, elles ne peuvent pas parler.

Sophie regarda Stein qui baissa la tête comme s'il acquiesçait à une proposition que Sophie n'avait pas encore formulée.

— Apportez un bloc de papier et deux stylos, dit soudain Sophie. Murielle obéit. Elle disposa des pages vierges sur deux bureaux face à face et posa un stylo sur chaque bloc.

— Sortez tous maintenant, demanda Sophie. Vous aussi, monsieur Lavour. Vous, restez, intima-t-elle à Stein. Et elle ferma la porte de la pièce.

Marie s'installa à sa table, Violaine au bureau.

— On va commencer par « Je m'appelle », dit Sophie avant de se tourner vers Stein qui approuva d'un hochement de la tête.

Marie et Violaine faisaient face à leur feuille blanche comme s'il s'agissait d'une flaque d'eau dans laquelle leurs visages se seraient reflétés. Elles semblaient retenir leur respiration et Stein ne quittait pas des yeux Violaine dont une veine battait le long du cou. L'immobilité de son corps avait quelque chose de fascinant. Même la lieutenante Tanche s'était adossée aux étagères et ne faisait plus le moindre mouvement. Elle se disait que dans cette pièce où on lit les lignes des autres, pour la première fois, d'autres lignes allaient s'écrire, maintenant, sous ses yeux. Les lignes les plus importantes de toute une vie. Marie respira plus bruyamment, puis son souffle se fit plus faible. Il y eut quelques secondes de flottement durant lesquelles Sophie jeta un regard inquiet à Stein qui battit des paupières en réponse – signe qu'il y croyait encore. Qu'elles allaient se livrer toutes les deux, que ce n'était pas folie que de leur demander d'écrire. Et le dernier instant s'étira dans un silence de crypte.

Violaine fut la première à faire un geste, sec et déterminé : elle défit dans un tintement métallique le capuchon de son stylo, posa la plume sur la feuille, et fut imitée dans l'instant par Marie. Comme deux combattantes qui sortent leurs épées de leurs fourreaux au moment du duel, elles commencèrent à tracer des mots.

Je m'appelle Violaine Lepage, mon vrai nom est Hélène Lepage.

Je suis née en Normandie dans un bourg qui se nomme Bourqueville, je suis la fille d'un artisan pâtissier et d'une sage-femme. Rien ne me destinait à entrer dans ce milieu littéraire ni à devenir éditrice. Écrire ces phrases me rend folle, je vais révéler ce que je n'ai jamais dit à mon mari. Ce que je n'ai jamais dit à mon psy. Ce que je n'ai jamais dit à personne.

Il y a vingt-cinq ans, j'étais une autre. Une jeune fille qui venait de passer son bac et aimait juste un peu la lecture et rêvait de garçons et de liberté. La boîte de nuit Le Thor a changé ma vie. Il faisait beau ce jour-là, j'aurais dû me contenter du soleil et ne pas tenter la nuit. La nuit me terrifie depuis. Dès que le jour tombe, j'ai peur. Il ne fallait pas me laisser partir. Et je suis partie. Danser et m'amuser. Ou faire semblant.

J'y suis allée en scooter, j'y ai retrouvé des « amis » et « amies » dont je serais bien incapable aujourd'hui de donner les prénoms. Dans la boîte, tard dans la nuit, j'ai croisé la bande des quatre inséparables : Sébastien Balard, le fils du patron du Thor, Damien Perchaude, le fils du notaire, Marc Fournier, celui du maire et Pierre Lacaze. C'était l'été du bac. On l'avait tous eu, sauf Lacaze, qui disait qu'il s'en foutait, qu'il allait devenir un grand chef cuisinier, qu'il n'avait pas besoin de connaître les maths et la littérature pour ça.

Je me souviens de la musique, je me souviens du bar. Le Thor était en dehors de Bourqueville, près de la forêt. Ils m'ont payé des verres. Ont-ils mis quelque chose dedans ? Je me le suis souvent demandé. Je ne le saurai jamais.

Je me souviens qu'on est sortis de la boîte pour fumer des cigarettes avec d'autres, je me souviens qu'ils étaient tous les quatre autour de moi. L'atmosphère était étrange. Je pense qu'ils avaient pris quelque chose. Sébastien Balard se droguait au shit et à la coke, il prenait aussi de l'ecsta. J'aurais dû sentir le danger. Il était palpable. Ils ont proposé d'aller marcher vers l'entrée de la forêt. Je les ai accompagnés et, à un moment, j'ai vu qu'il n'y avait plus que moi avec eux, les autres qui gravitaient autour du groupe ne nous avaient pas suivis. Marc Fournier a voulu m'embrasser et j'ai refusé. Il a insisté. J'ai refusé encore, et Balard m'a saisie par les poignets tandis que Perchaude me soulevait du sol en m'agrippant par les hanches. Je me souviens d'avoir hurlé. Je me souviens de ma panique. Après, je ne me rappelle plus.

Après, c'est trop violent et je ne vais pas pouvoir l'écrire. Je sais que je me réveille dans la voiture de Lacaze, ils me ramènent chez moi. Ils ont l'air contrariés. Je rentre par la porte du fond de la ferme et je me dis : j'ai été violée, ils m'ont violée. Et je refuse l'idée, pourtant j'ai des images dans la tête, je sens encore leurs sexes dans mon corps, je sais qu'ils me tiennent par les mains, je sais que je hurle. J'ai vu passer des préservatifs. Je refuse encore que ce soit arrivé. Le lendemain mes parents me demandent si ça s'est bien passé et je réponds par l'affirmative. Lorsque je m'aperçois que je n'ai plus mes règles, j'attribue cela au choc nerveux et je vais rester comme ça longtemps. Trop longtemps. Aujourd'hui, on appelle ça un déni de grossesse, à l'époque je n'avais jamais entendu ces mots-là. Je suis mince et je ne grossis pas, puis j'ai un doute. Je vais rentrer à la faculté de lettres. Je vais voir un médecin, il me dit que je suis enceinte. Cela ne l'étonne pas plus que ça que cela ne se voie pas encore, il me dit que cela arrive parfois mais que ça ne va pas tarder à se voir. Je lui demande si je peux avorter, il ouvre de grands yeux, « Le délai est passé. Même à l'étranger, ajoute-t-il. Mais… qu'est-ce qui vous est arrivé, mademoiselle ? ». Je crois que l'idée que c'était très grave lui a traversé l'esprit mais je n'ai rien répondu et je suis partie sans payer. En courant. À cet instant, je prends cette décision : je vais me tuer. Il y a cette arme dans la cave, le pistolet des SS que mon grand-père a récupéré lors de la fuite des Allemands après le Débarquement. Il est dans sa boîte, avec les balles, je vais le charger, le retourner contre moi et tirer.

Mon père m'a surprise. C'était un dimanche. J'ai dû tout avouer à mes parents, tout. Mon père est devenu comme fou, il a pris l'arme et il est parti en disant qu'il allait tous les tuer. On ne l'a revu que le soir. Il est revenu et il n'avait tué personne. Je lui en ai voulu, je l'ai haï. J'ai cessé de l'aimer. Ma mère a décidé de tout calmer, elle a envoyé mon père se coucher et m'a prise à part. Elle m'a dit que je n'avais pas d'autre choix que de mener la grossesse à son terme. J'ai répondu que je me tuerais avant. Pour elle, les enfants étaient sacrés et l'idée que certaines femmes les abandonnent à la DDASS la révulsait.

Alors, elle m'a proposé un pacte pour que je reste en vie : avoir l'enfant et puisque je ne pouvais supporter l'idée de le voir ou de l'élever, elle dirait que c'était le sien et l'élèverait. Je n'aurais même pas à dire qu'un jour j'avais été enceinte. L'accouchement aurait lieu à domicile. Elle le déclarerait comme le sien, personne ne pourrait jamais vérifier.

J'ai compris que j'aurais à vie un frère ou une sœur qui serait en fait mon fils ou ma fille et j'ai haï ma mère.

Avoir cet enfant signifiait mon départ définitif de ma famille, je ne les reverrais jamais. Je serais remplacée par cet enfant. J'avais organisé mon propre remplacement. J'avais tué Hélène Lepage.

J'ai regardé mes parents et je n'ai vu qu'un lâche et une folle.

Jusqu'à l'accouchement, j'ai vécu en recluse. Je ne suis pas allée à ma première année d'université. Je vivais couchée et ne faisais que lire. Tous les classiques français, avec une prédilection pour Marcel Proust. J'ai lu des dizaines, des centaines de livres. J'ai lu aussi Modiano, Echenoz, Murakami, Stephen King, tous les auteurs que j'allais connaître personnellement un jour. J'obligeais mes parents à aller m'acheter leurs romans ou à les trouver en bibliothèque.

Je ne vais pas raconter l'accouchement, seule avec ma mère. Je sais qu'ils l'ont appelée Fabienne.

Après, nous sommes partis pour Rouen et nous nous sommes séparés. Ma mère a déclaré l'enfant comme le sien à la mairie en prétendant qu'elle avait accouché chez elle. Moi, j'ai vécu de petits boulots, j'étais à la fac. Et j'ai trouvé cette place en librairie. Je n'avais pas d'argent. À cette époque, j'ai souvent couché pour de l'argent. Un nombre incalculable de fois. J'étais libraire à mi-temps et je couchais avec des hommes le soir, des rendez-vous via les réseaux téléphoniques, mais je n'arrivais pas à m'en sortir et cette vie allait imploser à brève échéance. Puis, enfin, un jour, j'ai pu partir. À Paris.

J'ai rencontré Charles. Puis Édouard. Ce sont les deux seuls hommes qui ont jamais compté dans ma vie.

J'ai décidé de me renommer Violaine lorsque j'ai découvert cette héroïne de Paul Claudel dans mes lectures de recluse mais je l'ai surtout fait par défi – pour les quatre premières lettres de ce prénom. Si la vie d'Hélène s'était arrêtée une nuit à la sortie d'une boîte, Violaine, elle, irait aussi loin qu'on puisse aller.

Lorsque j'ai lu Les Fleurs de sucre, *j'ai tout de suite compris que l'auteur connaissait mon histoire. J'ai parfaitement reconnu les hommes qui m'avaient violée. Quelqu'un avait écrit ce que j'aurais voulu faire : les tuer tous. Et l'écrivait mieux que je n'aurais pu le faire. Je suis restée sidérée. Et paniquée.*

À la maison d'édition, tout le monde validait ce texte et son écriture – même Béatrice. C'était impossible de faire marche arrière, je devais le publier. L'auteur restait invisible. Et il y a ces trous de mémoire aussi, si bien que j'ai renoncé à chercher et même à comprendre. J'ai laissé faire le destin, pour qu'il m'amène aujourd'hui à tout dire de moi, ici, dans cette pièce qui est toute ma vie. C'est ici que le chemin aboutit : c'était écrit, comme on dit.

Quant au Luger, mon père l'avait vendu à notre départ pour Rouen. L'arme des crimes de Fleurs de sucre *est un modèle similaire, ou alors c'est la même qui n'aura pas bougé de la région et sera réapparue vingt-cinq ans après... Celle que j'ai tenue dans mes mains un jour.*

Le Service des manuscrits

En enquêtant sur une affaire, la lieutenante Tanche en aura déterré une autre. Je crois que j'attendais depuis longtemps qu'on me libère ou qu'on me délivre.

Maintenant je veux me raconter à l'homme qui est toute ma vie, celui qui m'aime et que j'aime depuis tant d'années et qui ignore ce passé, Édouard, mon mari. Laissez-moi aller vers lui. Laissez-moi vivre ce vertige avec lui.

Mais avant, je vais vous laisser lire ces pages.
À toi, Marie, et je vais lire les tiennes aussi.
La lieutenante me lira et Stein aussi.

Le tour de table sera bouclé.

Le comité de lecture sera terminé.

Après, cela ne regardera plus qu'Édouard et moi.

Violaine Lepage

Je m'appelle Marie Cassart et j'étais la compagne de Fabienne Lepage. Elle était l'amour de ma vie. Nous nous sommes rencontrées au lycée, nous savions que nous aimions les filles et nous ne nous sommes jamais quittées. Fabienne a mis fin à ses jours il y a un an. Ses parents étaient décédés dans un accident de voiture quelques mois plus tôt. Fabienne avait découvert qu'ils étaient en fait ses grands-parents, qu'ils avaient eu une fille avant elle : Hélène Lepage. Ils n'en avaient jamais parlé.

Elle a découvert tout ça sur le livret de famille au moment de déclarer leur décès. Fabienne a d'abord pensé qu'elle avait une sœur. Elle a sorti les journaux intimes de sa mère. On a passé un week-end entier à les lire. À remonter le temps jusqu'à trouver ce qui s'était passé vingt-cinq ans plus tôt. Elle avait tout noté, avec tous les noms.

Hélène était sortie en boîte de nuit et avait rencontré des fils de notables de Bourqueville, ils avaient bu ou pris des drogues, ils l'ont emmenée dans la forêt et l'ont violée à tour de rôle.

Lorsqu'elle est rentrée chez elle, elle n'a rien dit. Puis un jour, son père l'a retrouvée dans la cave avec le pistolet laissé par la division SS qui occupait Bourqueville pendant la guerre. Elle voulait se tuer. Il a réussi à l'en empêcher et elle a tout avoué : le viol et le fait qu'elle était enceinte, que le délai pour l'avortement légal était passé. Le père a pris l'arme. Il est allé chez le maire de Bourqueville et son fils a nié, le maire l'a menacé et lui a dit qu'il n'avait aucune preuve. Il est allé chez le notaire et on lui a tenu le même discours. Le patron du Thor l'a jeté dehors, tout comme le père de Pierre Lacaze.

Lorsqu'il est revenu chez lui, il a compris qu'il s'était mis à dos tout le village. Que la situation était intenable. Il a décidé de déménager vers Rouen.

Entre-temps, les femmes avaient parlé. La mère a proposé un pacte à Hélène : rester le temps de la grossesse à la maison. Ne pas se montrer. Le temps qu'ils déménagent à Rouen. Sa fille accoucherait à domicile, elle irait déclarer l'enfant comme le sien.

Hélène a accepté à condition de ne jamais voir cet enfant et de ne jamais revoir ses parents.

Le journal de ces neuf mois ne signale pas grand-chose hormis qu'Hélène lit tout le temps des livres, des romans, Proust surtout. On comprend aussi qu'elle est tyrannique avec ses parents.

Le père parvient à vendre sa boulangerie et à trouver un appartement ainsi qu'un autre commerce à acheter à Rouen. Il vend le corps de ferme familial et ils partent dès la naissance de l'enfant. Ils la prénomment Fabienne. Comme elle est née en dehors d'un hôpital, personne ne pose de questions à la mairie.

Hélène les quitte et se trouve un petit studio dans le vieux Rouen. Ils ne se revoient plus. Parfois, ils se croisent dans la rue avec l'enfant en poussette, Hélène détourne la tête et, un jour, elle disparaît complètement.

Il faut éplucher le journal sur des années pour retrouver sa trace. La mère d'Hélène écrit qu'elle la voit un soir à la télévision dans une émission littéraire, qu'elle est éditrice et se fait appeler Violaine Lepage.

Fabienne n'a pas dessoûlé du week-end. Puis elle est redescendue en début de semaine. Elle avait l'air étrangement apaisée, elle me disait qu'elle voulait écrire un livre dans lequel elle raconterait cette histoire et la narratrice tuerait ces quatre hommes qui avaient violé sa vraie mère, les uns après les autres. D'une balle en pleine tête, à genoux, avec le Luger des SS évoqué dans le journal intime. Qu'elle enverrait ce texte à Violaine, qu'elle comprendrait. Qu'elle ne voulait pas arriver les mains vides vers elle mais avec la vérité et qu'il fallait que cette vérité soit un roman. Elle répétait ça tout le *temps : ne pas arriver les mains vides. Que ce roman s'appellerait* Les Fleurs de sucre, *celles que son grand-père savait sculpter dans des pains de sucre.*

Elle les avait tous retrouvés. Localisés grâce à Internet : le fils du notaire qui avait repris l'étude familiale, le patron du Thor qui avait repris la boîte de nuit de son père, le fils du maire devenu chauffeur de taxi, le chef cuisinier Pierre Lacaze parti à Los Angeles. Fabienne avait perdu l'esprit, mais je ne m'en rendais pas compte.

Un jour elle m'a dit qu'elle allait commencer à écrire. Le lendemain, elle s'est jetée par la fenêtre de notre appartement. Elle n'a rien laissé, pas un mot, pas une lettre. Juste l'écran d'ordinateur allumé avec le titre, Les Fleurs de sucre.

Le jour de son enterrement, les hommes qu'elle voulait tuer dans son livre faisaient la une des journaux : le patron du Thor et le notaire s'étaient fait descendre à genoux d'une balle dans la tête. Ils étaient morts comme elle l'avait imaginé. C'était il y a un an.

On aurait dit que Fabienne m'adressait un signe depuis l'au-delà.

La réalité s'était pliée au livre qu'elle voulait écrire. Alors, j'ai décidé d'écrire ce livre, pour que Fabienne reste avec moi. Je me suis dit que la réalité continuerait peut-être à rejoindre le rêve qui devait la mener vers Violaine.

Je sais désormais que c'est le cas.

Ces hommes meurent tous comme dans le livre. J'ignore pourquoi mais c'est ainsi.

Le livre vit sa propre vie.

Tout roman est un traité de magie noire.

Je suis venue terminer ma thèse à Paris. Rencontrer Violaine est devenu une obsession. J'écrivais Les Fleurs de sucre *et je planquais devant la maison d'édition. La première fois que je l'ai vue en sortir, mon cœur s'est mis à battre à cent à l'heure et j'étais comme paralysée. Un soir, je l'ai suivie, elle s'est arrêtée devant le porche d'un immeuble, j'ai vu le sigle des Alcooliques anonymes sur un petit carton. Elle a allumé une cigarette, elle semblait hésiter, je suis restée tout près d'elle à l'observer, fascinée. Je venais de terminer* Les Fleurs de sucre *la nuit précédente, tout coïncidait. Elle s'est retournée vers moi et m'a regardée. Je devais sembler hésitante. Elle m'a interrogée : — Vous allez au même endroit que moi, je suppose ? J'ai acquiescé. — Eh bien, moi je n'irai pas, j'ai changé d'avis. Je lui ai dit qu'il en était de même pour moi. Elle m'a proposé de l'accompagner et de marcher un peu ensemble.*

La nuit s'est mise à tomber et j'ai marché à côté d'elle dans les rues, c'était comme dans un rêve. Je pensais à Fabienne. Je lui ai raconté que j'avais perdu l'amour de ma vie et que c'était une fille, ça n'a pas paru la choquer, elle m'a écoutée longuement. On marchait toutes les deux. Je lui ai parlé de ma thèse sur les objets dans la littérature. À l'angle d'une rue, on a croisé Modiano et Violaine l'a appelé par son pré-nom. On a fini par arriver devant la maison d'édition. Il faisait nuit. Violaine m'a dit : — Nous ne sommes plus des alcooliques si anonymes que ça, vous voulez prendre un verre ? J'ai un excellent whisky.

On s'est retrouvées dans ce décor désert, dans son bureau, à se regarder et à boire un whisky. À un moment je me suis demandé si elle me draguait, mais non, ce n'était pas ça, elle m'observait avec ses yeux verts et son air de sphinx. C'était irréel. J'avais l'impression d'être arrivée au bout du parcours. Violaine a allumé une cigarette, elle a soufflé la fumée et m'a posé une question : — Vous savez ce que c'est qu'un service des manuscrits ?

Elle m'a aussi donné la carte de son psy, Pierre Stein. Elle m'a dit qu'il pourrait m'aider pour la perte de mon amie. Elle était incroyablement bienveillante, tout le monde la dit dure et calculatrice, c'est faux, c'est une des femmes les plus sensibles que j'aie rencontrées. Je l'aime. J'aimerais qu'elle soit ma sœur, mon amie, mon amante, ma mère. Le lendemain, Violaine me convoquait pour me confier des manuscrits et je suis entrée au service en remplacement de Fleur.

Pierre Stein a été le premier à lire Les Fleurs de sucre. *Je lui ai tout raconté. Il soutenait qu'il fallait que Violaine lise ce texte. C'est lui qui a eu l'idée que je l'envoie au service des manuscrits avec juste un petit coup de pouce : le soleil que j'ai moi-même apposé. On laisserait ensuite faire le destin. Et puis Béatrice a voté pour, le comité de lecture aussi et tout s'est emballé. On a inventé Camille Désencres. Avec juste un mail en contact. C'est Stein qui a signé le contrat depuis Londres où il se déplaçait pour un congrès. C'est tantôt lui qui répondait aux mails, tantôt moi. Puis toute cette folie liée au prix Goncourt s'est emparée du livre...*

Camille Désencres n'existe pas. C'est Fabienne, c'est moi, c'est Stein, c'est Violaine.

Marie Cassart

À midi huit, le prix Goncourt fut attribué à *Nos enfances vides* de Bruno Tardier. *Les Fleurs de sucre* le manqua de deux voix au dixième tour.

Édouard et Violaine parlèrent jusqu'à la nuit tombée et se couchèrent. Puis Violaine se serra contre Édouard jusqu'à ce que leurs corps ne fissent plus qu'un. Il sentait son souffle contre son oreille : — Ne dis rien, je sais ce que tu penses, murmura-t-il. Tu penses : il ne faut jamais me laisser partir. Ne t'inquiète pas, je ne te laisserai jamais partir. Il la serra plus fort encore et posa ses lèvres dans son cou pour respirer l'odeur de ses cheveux et de sa peau en songeant qu'il ne pourrait jamais s'en passer, qu'il ne l'avait jamais autant aimée, que la vie n'existait pas sans Violaine Lepage, directrice du service des manuscrits. Celle dont il connaissait désormais tous les secrets.

Ce soir-là, au restaurant Le Louis XIX, Pierre Lacaze, le dernier des quatre hommes qui avaient emmené Violaine dans la forêt, éprouva les premiers symptômes de l'infarctus du myocarde, une suée doublée d'une douleur lancinante dans le bras gauche et la sensation que sa poitrine était lacérée de l'intérieur. Il quitta les fourneaux et ses douze commis, monta précipitamment dans son bureau pour chercher son spray de trinitrine et appeler le Samu. On suppose qu'il fut pris d'un vertige avant de pouvoir utiliser le médicament et passer le coup de fil. On le retrouva à genoux, la tête penchée en avant devant le grand poster de Los Angeles de nuit qui ornait son mur.

À genoux devant la grande ville, son âme aura été emportée dans les traînées rouges et jaunes des véhicules, semblables à des rivières. Aspirée et effacée.

Maintenant, le temps de la vengeance est passé, car toutes les dettes sont payées.

Maintenant, enfin, dans la félicité, notre amour peut commencer.

Ainsi s'achevait *Les Fleurs de sucre*.

Composition et mise en pages
Nord Compo à Villeneuve-d'Ascq

CET OUVRAGE
A ÉTÉ ACHEVÉ D'IMPRIMER
SUR ROTO-PAGE
PAR L'IMPRIMERIE FLOCH
À MAYENNE EN JANVIER 2020

N° d'édition : L.01ELIN000524.A002. N° d'impression : 95680
Dépôt légal : janvier 2020
Imprimé en France